DE LA MÊME AUTRICE

ÉPARSE, roman, JC Lattès, 2018, Le Livre de poche, 2021.

UN GARÇON C'EST PRESQUE RIEN, roman jeunesse, Rageot, 2020.

CEUX QUI S'AIMENT
SE LAISSENT PARTIR

LISA BALAVOINE

Ceux qui s'aiment se laissent partir

roman

nrf

GALLIMARD

À ma mère, follement aimée.
À ma sœur, à nos filles.

« Tout ce que je ne lui ai pas donné, je ne l'ai pas gardé, tout ce que je ne lui ai pas donné a été perdu. »

Emmanuelle PAGANO, *Nouons-nous.*

« On a eu des bons moments quand même
On a dû avoir de bons moments
Un jour je sais que je m'en souviendrai. »

Pascal BOUAZIZ, *Passages.*

Elle est étendue, elle semble apaisée.

Mais je veux vous prévenir : l'appartement est dans un état de dégradation avancé. Je ne sais pas quoi faire pour vous.

Je reçois ce message en fin d'après-midi, un vendredi de juillet. Dehors l'été bat son plein, il fait une chaleur à crever.

La chaleur, je me souviens surtout de ça.

Ce jour-là, je me trouve à Paris où je ne vis pas. J'ai passé la nuit avec un homme qui finit de m'aimer et que je ne parviens pas à quitter. Ce n'est pas la moindre de mes lâchetés.

Après son départ, j'ai paressé au lit. Peut-être ai-je lu quelques pages d'un roman, peut-être me suis-je rendormie. Je ne suis pas une fille du matin, je viens de la nuit et des rêves qui s'étirent, des élans planqués sous la lenteur.

Je m'oblige à sortir des draps vers midi pour aller voir une exposition. Ed van der Elsken, au Jeu de Paume. Je reste longuement devant une photographie de baiser qui me bouleverse et je sors du musée avec ce couple en tête. L'intensité de ce baiser. Ces bouches qui se dévorent. Je ne sais pas si j'ai déjà été aimée ainsi.

J'arpente les rues de la capitale en traquant l'ombre. Il fait lourd, le métro est bondé, la ville grouillante de monde. Je titube, reviens sur mes pas, saoule de ce qui m'entoure. Je me hâte de rentrer, le corps harassé par la sueur. Je prends une longue douche glacée, l'eau me pique la peau méthodiquement, comme les aiguilles d'un tatoueur. Je laisse mes cheveux trempés dégouliner sur mes épaules et déambule nue dans le salon, à ne rien faire.

Il me semble ne plus avoir envie de rien, depuis des mois, peut-être des années. Ne rien faire de ces désirs perdus, oubliés, comme emportés par le ressac. Me laisser bercer par cet inlassable mouvement, choisir, renoncer, recommencer. Peut-être qu'on n'en finit jamais d'essayer de vivre.

Devant moi, l'horizon est grand ouvert. L'été s'étale comme une page blanche, il commence à peine. Je ne dois retrouver mes enfants que dans une dizaine de jours. Juillet ressemble à une promesse.

Je pourrais ne pas attendre cet homme, prendre mes affaires et déguerpir, tout envoyer valser. Je pourrais tant si je me décidais.

Et puis ce message s'affiche sur mon téléphone et sur lui mon regard se fige. *Je ne sais pas quoi faire pour vous.*

Ces mots me sont envoyés par mon médecin, qui est aussi le tien.

Je ne comprends rien, sinon que tu es morte.

I

Tu es une jeune femme divorcée au début des années quatre-vingt. À vingt-cinq ans, tu as tout plaqué sur un coup de tête, ton mari, la maison à la campagne que vous veniez d'acheter, tes premiers rêves et tu es partie, emportant une gamine de presque quatre ans dans ta nouvelle vie. Tu t'es d'abord installée avec un autre homme, une aventure comme tu en as parfois, mais cela n'a pas duré, les histoires qui durent tu n'es pas faite pour ça. Tu as cherché un appartement où vivre avec ta fille. Après avoir porté les cheveux longs, tu les as coupés aux épaules, cela te va bien, tu y noues parfois des foulards qui te donnent de faux airs de Romy Schneider dans *Les choses de la vie*. On dit de toi que tu es une belle femme, ton corps est mince et élancé, tu optes toujours pour des vêtements à la mode, des jeans, des jupes évasées, une veste en cuir. Tu aimes les soirées entre amis, sortir, danser en boîte de nuit, repeindre des meubles et fumer toute la journée. Tu aimes aussi les chansons françaises qui passent sur la bande FM, la peinture impressionniste, les plantes, les films avec

Bernard Giraudeau, Miou-Miou et Patrick Dewaere, te coucher très tard, les séries télévisées, Véronique Jannot dans *Pause Café*, le fard à paupières du même vert que tes yeux, un vert avec des éclats dorés, prendre des bains, acheter des crèmes pour le corps, te vernir les ongles, ton métier de secrétaire, lire des romans et des magazines féminins, conduire vite et sans ceinture, plaire, séduire et faire l'amour. Tu n'aimes pas être contrariée, rester trop longtemps au même endroit, faire tes comptes, les corvées administratives (ce n'est pas ton truc même si tu ne sais pas réellement ce que c'est, ton truc), tu n'aimes pas cuisiner, faire le marché, revoir tes ex, les imaginer avec une autre femme, comme si on pouvait se passer de toi, quelle idée, tu n'es pas une femme qu'on oublie, tu n'es pas une femme comme les autres. Tu n'aimes pas être désignée comme une mère, en avoir les obligations, te rendre aux rendez-vous avec les instituteurs, surveiller les devoirs, jouer, lire des histoires. Tu n'aimes pas devoir t'engager avec quelqu'un, être sérieuse, penser au lendemain.

Tu préfères croire que ta vie n'a pas encore commencé et tu attends, impatiente, qu'il se passe quelque chose.

Je n'ai pas de souvenir de ta vie avec mon père. Tout commence avec toi, dans tes pas et ton regard, comme si rien n'avait existé avant notre duo. Je suis celle qui t'accompagne, cette fillette qui tient ta main, je suis ton enfant sage, la prunelle de tes yeux, ton unique amour. Nous deux depuis toujours.

Tu conduis une petite Mazda de couleur beige, « dorée » tu précises, c'est plus élégant. Je suis installée devant, même si je n'ai pas encore l'âge, cela t'agace de devoir parler à quelqu'un assis à l'arrière. « Je ne fais pas taxi », me répètes-tu souvent.

Alors que nous roulons dans le centre-ville, tu me tends ta main droite. « Regarde. » Je penche la tête mais je ne vois rien, rien que ta main, qui n'est pas sur le volant, ta main qui danse, qui virevolte, un papillon, c'est à cela que je pense alors qu'on avance toujours à une certaine vitesse sur les boulevards intérieurs. « Mais enfin tu ne vois pas ? » Comme je secoue la tête, tu m'expliques que tu t'es brûlée en cuisinant. J'aperçois une vague trace blanche au creux de ta paume, rien qui justifie ton affolement. Je te rassure, « c'est pas grave maman », tu te tournes vers moi, et comme tu ne prêtes pas attention à la route, la voiture percute le véhicule de devant. Le choc est brutal, je ne suis pas attachée, mon corps heurte le pare-brise. J'ai mal, je me tiens la tête dans la main, je me suis mordu la langue, ça pisse le sang. Tu t'énerves, « mais qu'est-ce qu'il fichait là lui, ça va encore me coûter du fric, c'est vraiment pas le moment ! ». Je m'essuie la bouche avec la manche de mon blouson pendant que tu descends de voiture et enguirlandes le type. Vous rédigez un constat en vous appuyant sur le capot de la Mazda. Des voitures klaxonnent derrière, je rentre la tête dans mes épaules. Le monsieur me désigne du menton : « Elle n'est pas trop jeune votre fille pour être devant ? — Qui vous dit que c'est ma fille ? » Au ton de ta voix, on pourrait croire que tu ne m'aimes pas. Le document rédigé, tu remontes dans la voiture, remets le contact, repars. Ma langue s'est arrêtée de saigner, j'ai mal à la tête, cela va passer. Tu parles toute seule, refais l'histoire, réinventes l'accident. À la fin, on croirait que c'est cet homme qui nous est rentré dedans.

Arrivées devant chez nous, tu descends de voiture et m'assènes : « C'est de ta faute tout ça ! Mais qu'est-ce que je vais bien pouvoir faire de toi ? » Je me tais et te suis dans la rue, tu marches devant, tu marches en faisant de grands pas, comme si tu préférais me tenir à distance.

Une fois dans l'appartement, tu allumes la chaîne stéréo et pousses le son à fond. La voix de Kim Carnes s'éraille pour parler des yeux de Bette Davis. Tu m'attrapes, me soulèves et me murmures à l'oreille : « Je t'aime, tu es ma fille, je te donnerai ma vie s'il le faut. »

Je rêve d'un animal de compagnie, tu m'offres des tortues d'eau. Elles sont plusieurs dans un aquarium. Souvent je les sors de leur bassin pour organiser des courses entre elles sur la moquette. Certaines n'y survivent pas. Sans état d'âme, tu m'ordonnes de les jeter dans le vide-ordures. Il m'arrive d'imaginer que l'une d'elles n'est pas morte, escalade le conduit et revient se glisser dans mon lit pour me mordre pendant la nuit.

Vivre avec toi, c'est vivre à cent à l'heure, c'est un tourbillon. Le matin c'est toujours la course. Le réveil ne sonne pas, tu as du mal à te lever, tu débarques dans ma chambre, « allez, vite, on va être en retard », alors je me lève les yeux pleins de sommeil. Je m'habille comme je veux, tu t'en fiches, je t'entends qui écoutes la radio dans la salle de bains, des informations que je ne comprends pas, ces voix qui parlent et toi qui te maquilles, te mets du khôl, de la poudre, du rouge à lèvres. Je te regarde parfois par l'entrebâillement de la porte, tu me dis « ne reste pas là, va manger quelque chose », alors je trottine jusqu'à la cuisine, je mange ce que je trouve, des biscuits, un yaourt, du pain. Parfois il n'y a rien. Cela ne me dérange pas, je n'ai pas trop d'appétit le matin. Tu me rejoins, regardes l'heure, râles que tu n'as pas le temps, bois quand même un café, un grand café dans un grand bol, tu fumes une cigarette. Tu fumes tout le temps. Tu ne manges pas, tu n'as pas faim, tu n'as jamais faim. Tu es une liane, un fil. Tu te regardes plusieurs fois dans le miroir de l'entrée, te recoiffes avec les doigts. Je me regarde aussi, nos deux reflets dans le même miroir, j'ai des nœuds dans les cheveux, tu me les attaches, ça ne se voit pas.

Pas le temps de traîner, tu me presses, j'enfile une veste, puis mon cartable par-dessus, il ne pèse pas bien lourd, il ne contient pas grand-chose, une ardoise, des craies et une éponge dans une boîte en plastique, une trousse avec des stylos parfumés à la fraise et mon cahier du jour. Je travaille bien à l'école et, quand je rentre le soir, je suis fière de te montrer les TB en rouge dans la marge. J'aime quand tu signes le cahier. J'aime ton écriture, grande, ronde, qui prend de la place. Elle a ton élégance, elle te ressemble.

Nous quittons l'appartement, nous descendons les étages, il n'y a pas d'ascenseur, toi devant et moi qui te suis, « allons dépêche-toi ! », nous sortons de l'immeuble, tu cherches du regard la voiture, cela peut prendre un moment, puis tu la repères, ouvres les portières, me fais monter devant. Le trajet ne prend que cinq minutes, mais souvent la cloche sonne quand tu me laisses au coin de la rue. J'appréhende d'être en retard, d'arriver après les autres, avec un peu de chance ils sont encore en train de se mettre en rang dans la cour. Tu déposes un baiser furtif sur ma joue. Je cours vers l'école et me retourne pour te faire un signe de la main. Le plus souvent, tu ne me vois pas.

Un canapé convertible rose pâle à motifs fleuris. Du papier peint mauve. Une table basse surchargée de magazines et de romans dont les pages sont cornées. Un paquet de Dunhill posé sur la table. Des reproductions de photographies de Sarah Moon sur le mur. L'intégrale des disques de France Gall, Véronique Sanson et Michel Berger. Une chaîne stéréo Pioneer. Un poste de télévision. Un téléphone à cadran. Un carton à dessins rempli de croquis au fusain, des corps nus, des visages de femmes, des paysages de campagne. De gros rideaux de velours pourpre. Une cigarette pas éteinte qui meurt dans un cendrier. Dans la salle de bains, un imposant miroir dont le cadre est entouré d'ampoules, comme celui d'une star de cinéma. Posé sur le lavabo, *Femme* de Rochas. Beaucoup de jeans, des chemisiers en soie, un perfecto, un long manteau noir, des bottes cavalières, des escarpins. Un renard qui te vient de ta grand-mère. Une chouette naturalisée dont je caresse les plumes rousses et brunes. Une tortue empaillée plus grosse que mes deux mains. Une cage avec un canari vivant, mais pas pour longtemps. Une balance Terraillon dans la cuisine. Un pot à glaçons en forme de pomme. Des plats surgelés entassés dans le congélateur. Des assiettes à petits motifs naïfs. Des draps bleu ciel sur mon lit en fer forgé qui a d'abord été le tien. Des sacs à main accrochés à une patère dans l'entrée. La porte que tu as peinte, dans des tons pastel, puisque tu peins tout. Les meubles sans cesse en mouvement. Le décor de notre existence.

Je dors avec toi, parce que tu me le proposes, parce que nous vivons toutes les deux, parce qu'il n'y a personne d'autre. Je dors avec toi, tes épaules pour horizon, mon cœur branché sur ta respiration. Le soir, je me glisse dans ton lit immense en attendant que tu me rejoignes.

Je m'endors souvent avant ta venue, bercée par le ronron lointain de la télévision, une conversation téléphonique, un disque que tu écoutes.

Ma présence dans ton lit ne te dérange pas, au contraire c'est toi qui le veux et quel enfant refuserait cela, dormir contre sa mère, son souffle, sa peau, sa chaleur ? Contre ton corps, je suis bien. C'est la nuit que nous nous tenons le plus près l'une de l'autre. C'est la nuit que je t'aime le plus fort.

Il arrive aussi que tu reçoives un homme et que tu me renvoies dans ma chambre, de l'autre côté du salon. Ce sont des nuits comme des punitions, des nuits comme des gouffres, des nuits sans sommeil. Je suis en colère, je boude, je refuse que tu lui donnes ma place, que tu me mettes de côté, que tu m'oublies. J'ai peur que tu me délaisses pour de bon, au profit d'un autre. Je ne veux pas qu'un tiers te renifle, te regarde, te touche. Comme tous les enfants, j'exige que tu sois uniquement ma mère. Et puis l'homme ne revient pas. Alors je reprends ma place. Quelques soirs par semaine, pas tous les soirs, pas toutes les nuits. Juste assez pour que je m'en souvienne et que s'impriment dans ma mémoire ces nuits parenthèses, ces nuits tranquilles, ces nuits sans peur.

Je fais basculer une tortue sur le dos comme un culbuto. Je regarde ses pattes se débattre dans le vide, son cou se tendre d'un côté puis de l'autre, la laideur de son bec s'entrouvrant vainement. Je me demande au bout de combien de temps elle mourrait si je la laissais ainsi. Magnanime, je la saisis, mon pouce et mon index posés de chaque côté de sa carapace. Je la remets dans l'aquarium. Je lui sauve la vie.

Un matin pressé comme les autres, tu me déposes à l'école en coup de vent et je cours jusqu'à la grille. En passant les portes, je me rends compte que je suis toujours en pyjama.

Je suis une enfant silencieuse. Dans la cour, on m'appelle la muette. Je ne sais pas quoi répondre lorsqu'on me demande si ça va.

Parce que je ne vois que toi quand je ferme les yeux. Parce que je me délecte de ta voix et de ton rire lumineux. Parce que j'attends les samedis matin où j'écoute *Émilie Jolie* dans le salon pendant que tu fumes sur le balcon. Parce que je ne sais pas où tes yeux se perdent lorsqu'ils regardent le ciel. Parce que je garde l'odeur de ta peau inscrite dans la mémoire de mon cœur. Parce que j'ai peur qu'il t'arrive quelque chose. Parce que j'ai raison d'avoir peur.

L'appartement est plongé dans la pénombre. J'ai ouvert avec mes clés. Depuis quelques jours, je rentre seule après l'école. Les volets du salon sont fermés. Il fait nuit noire au milieu de l'après-midi. Je tâtonne pour trouver l'interrupteur, un clic, rien ne se passe. Ça doit être une coupure d'électricité, c'est fréquent dans cet immeuble, c'est ça aussi les HLM, ça disjoncte à intervalles réguliers. Je pose mon cartable dans l'entrée, je fais le tour des pièces, personne, alors je me réfugie dans ma chambre et je m'assois sur mon lit pour attendre. Cela dure un certain temps avant que j'entende ton rire résonner comme si tu mimais une déflagration depuis l'autre côté de la cloison. SURPRISE ! Les lumières s'allument tout à coup, tu as les bras levés au milieu de la pièce, comme si tu mimais une incantation au soleil. Des ballons gonflables et colorés sont disséminés un peu partout sur le sol. BON ANNIVERSAIRE MA CHÉRIE ! Tu as la mine réjouie de ceux qui ont bien manigancé leur coup. « Je me suis dit qu'on pouvait faire une petite fiesta toutes les deux. » Tu as tout prévu, « allez on allume les bougies », et tandis que tu t'affaires avec le briquet, je grimpe sur une chaise, contemple le gâteau, il est énorme et rien que pour nous. Tu m'encourages et je souffle, de toutes mes forces, je souffle pour tout éteindre en une seule fois sinon ça porte malheur, c'est toi qui me l'as dit. Tu m'applaudis, me prends dans tes bras, me serres, m'embrasses à m'en faire mal. La fumée des bougies s'évapore, tu les retires une à une, et avec le couteau découpes une grosse part de fraisier que tu mets dans une assiette et me tends. Tu as acheté du jus de fruits et des bonbons, j'ai la bouche pleine de sucre et les doigts qui collent.

Tu poses un disque sur la platine, *Sweet dreams are made of this*, et tu tournes, tu tournes, tu tournes, et je te regarde, ta peau claire est en feu. Tu m'entraînes, me fais passer sous ton bras et tourner, tourner, tourner. J'ai le poids du gâteau et des bonbons sur l'estomac, un peu envie de vomir mais tellement envie de danser avec toi, encore, et tout en dansant on donne des coups de pied dans les ballons, ils rebondissent contre les meubles, l'un d'entre eux éclate comme mon cœur. *Everybody's looking for something.* La mélodie synthétique résonne dans l'appartement, dans ma tête, mon ventre, mes tympans. Tu me regardes avec des yeux brillants.

Cela ne te suffit pas de déplacer les meubles. Tu as la bougeotte. Nous déménageons sans cesse. Nous passons d'appartement en appartement, ceux du parc locatif des habitations à loyer modéré. Tu ne roules pas sur l'or, tu es une femme seule, divorcée, fonctionnaire, avec un enfant à charge. C'est un bon dossier.

Tu es toujours enthousiaste à l'arrivée dans les lieux. L'appartement est plus grand, plus lumineux, mieux situé, moins bruyant. Tu l'appelles notre nid, notre cocon. Tu prends plaisir à tapisser toi-même les murs, tu empruntes à ton père le matériel pour enduire les lés de colle. Ce sont des moments joyeux. Tu chantonnes en trempant le gros pinceau dans la bassine remplie de glu, tu portes un turban dans les cheveux et une vieille chemise de peintre. Je joue avec la texture blanchâtre épaisse qui reste collée à mes doigts quand je les fais glisser sur le rebord de la table, des petites peaux mortes que je détache lentement quelques minutes plus tard, avec délectation. L'odeur de la colle s'incruste dans l'air. Tu choisis des papiers à gros motifs, des fleurs la plupart du temps, ce qui te complique la tâche, tu détestes les raccords. Quand les murs sont habillés, tu peins tout le reste, les portes, les encadrements de fenêtres, les plinthes, les radiateurs. Il ne doit rien rester de l'apparence originelle des lieux. Chaque nouvel endroit est une nouvelle peau.

Ma chambre est située près de la porte d'entrée, près de la salle de bains, au fond du couloir. La fenêtre donne tour à tour sur un cimetière, un jardin des plantes, un centre commercial. Nous n'habitons jamais dans les beaux quartiers, nous restons en périphérie, nous approchant rarement du centre-ville. Je n'ai pas souvenir d'avoir vécu au rez-de-chaussée, mais au 3ᵉ, au 6ᵉ, au dernier étage d'une tour. L'ascenseur est un plus apprécié, même si, dans ce type de résidence, il est régulièrement en panne. J'ai quelquefois été coincée à l'intérieur, seule ou avec toi, paniquant et t'excitant sur la sonnerie de secours. Tu es claustrophobe. Tu me demandes d'aller jeter nos détritus dans le vide-ordures, ce qui provoque en moi une sensation oscillant entre fascination et répulsion : écouter la chute du sachet dans le conduit et l'entendre tomber des dizaines de mètres plus bas a quelque chose d'exaltant, mais l'odeur âcre du boyau couvert de crasse me retourne le cœur. Lorsque nous avons de la chance, l'appartement possède un balcon. Tu y disposes des plantes que tu laisses crever. Tu fais preuve d'une certaine propension à l'oubli. Tu te débarrasses des végétaux sans état d'âme quand tout est desséché et les remplaces par d'autres. C'est ainsi que la vie reverdit.

L'emballement de la nouveauté s'essouffle vite. La période faste peut durer un an, parfois plus, puis les défauts du lieu te deviennent insupportables. L'appartement est trop sombre, mal insonorisé, trop éloigné de ton travail, mal agencé. Tu veux partir. Alors tu recontactes l'office HLM et nous déménageons à nouveau. Pendant les années où je vis avec toi, cela se reproduit une bonne dizaine de fois. Je change souvent d'école. Je ne me fais pas d'amis. Je n'ai que toi.

Tu pleures de temps en temps, le soir, les yeux dans le vague. Je pose ma tête sur tes genoux. Tu caresses mes cheveux. J'écoute tes larmes couler dans le silence.

Dis-lui de revenir, je l'attendrai toute la saison. Dès que le morceau s'arrête, tu le remets. La chanson dure 58 secondes. Elle ne comporte que deux couplets presque identiques. C'est infernal d'écouter en boucle une chanson si brève. C'est la dernière de la face, cela veut dire qu'il faut toujours attendre que le bras de la platine revienne pour pouvoir le reposer à l'endroit exact sur le sillon. Tu fais des allers et retours entre le canapé et la chaîne, tu remets la chanson, 58 secondes, tu repars, 58 secondes, tu y retournes. Le disque n'est pas rayé, mais toi c'est comme si tu l'étais. *Et tout appelle à l'amour comme ça sans raison.* L'album s'intitule *Amoureuse.* La voix de Véronique Sanson se superpose à la tienne. Une voix claire et désespérée. J'ignore de qui tu es amoureuse, mais je crois qu'il faut l'avoir été pour écouter en boucle une chanson comme celle-là, il faut avoir été très amoureuse de quelqu'un et avoir eu très mal, c'est obligé. Les chansons sont des pansements posés sur les plaies d'amour qui n'ont pas cicatrisé. *Dis-lui de revenir, je l'attendrai toute la saison.* La voix de Véronique Sanson heurte les murs anguleux de l'appartement qui me semble soudain terriblement vide. L'écho du verbe *revenir* se répercute comme une boule de flipper qui cogne dans tous les coins. Quelque chose vient se loger là, tout contre le ventricule gauche. Ça fait un bruit de dingue un cœur qui souffre.

Il y a ce livre sur la table basse du salon. *Bonjour tristesse.* Tu t'y attardes, en relis des passages. Un soir, en le reposant, tu me dis : « Ce serait un bon titre aussi pour ma vie. »

L'été, nous faisons du camping en Bretagne. Tu me fais croire que tu aimes ça, à vrai dire je pense surtout qu'on n'a pas assez d'argent pour faire autre chose. Tu trouves que la Bretagne est l'endroit idéal, il y a la mer, il n'y fait jamais trop chaud, c'est à une distance raisonnable, par principe tu refuses de descendre en dessous de la Loire. Tu prépares les affaires longtemps à l'avance, camper nécessite beaucoup de matériel. Tu as fait l'acquisition d'une tente canadienne, il faut la monter, c'est toute une organisation, avec les piquets, les cordes et les sardines, et il ne faut pas oublier le maillet pour bien les enfoncer dans le sol, surtout quand le terrain est trop sec et que tu m'envoies demander de l'aide à un voisin. Tu rechignes à solliciter les conseils d'un homme. Tu écris une liste sur une feuille blanche, la liste de ce qu'il ne faut pas oublier, les affaires pour s'il fait beau, celles en cas de pluie, tu emportes une table pliante, des sièges pliants, tout doit pouvoir se plier pour rentrer dans le coffre de la Mazda, tu prends aussi un parasol, des serviettes de plage, un paravent qui ne nous servira pas. Tu charges tout la veille, pour qu'on ne parte pas trop tard, parce qu'il y a six cents kilomètres à faire, alors tu passes la nuit à te lever pour vérifier que personne ne tente de cambrioler la voiture, et moi je me demande qui pourrait bien avoir envie de piquer une tente, un parasol et des serviettes de plage, mais tu me dis « on ne sait jamais, les gens faut pas leur faire confiance ».

Tu prépares des sandwichs et des paquets de chips, une cartouche de paquets de cigarettes, comme si on ne trouvait pas de cigarettes en Bretagne, comme si le camping de Saint-Malo se situait en dehors du monde. Et nous voilà parties toutes deux, moi à l'avant comme d'habitude sinon le trajet te semble interminable. Je suis chargée de mettre les cassettes dans l'autoradio, il y en a toute une collection dans la boîte à gants, à force je les connais par cœur. Supertramp, Christopher Cross, Françoise Hardy. Sur l'une d'entre elles, une de tes favorites, Jane Birkin murmure qu'elle aimerait que la Terre s'arrête pour descendre. Tu t'appropries cette phrase, cette voix fragile, la façon dont sont prononcés ces mots-là. Toi aussi, souvent, tu aimerais pouvoir descendre.

Une fois sur place, on perd une journée à monter la canadienne, les jours suivants il pleut, on reste sous la tente à lire. Parfois on va à la plage, je me baigne et tu restes sur la serviette, tu me répètes avec insistance « fais pas ta timide, va voir les autres », mais je ne vais jamais voir personne, ce sont les autres enfants qui finissent par venir me chercher, et c'est au moment où je commence à me faire des copains que les vacances se terminent. On démonte la tente, c'est presque aussi long que de la monter, on remballe jusqu'à l'année prochaine, on rentre. Parenthèse d'été refermée.

En visionnant un reportage télévisé du commandant Cousteau, j'apprends que les tortues, si elles sont sur le dos, meurent en deux à trois heures. Le poids des organes renversés écrase leurs poumons et les étouffe.

Nous rendons souvent visite à ta sœur, qui habite à la sortie de la ville. C'est une petite maison de trois ou quatre pièces, biscornue, étrange. Le jardin est immense, une balançoire est accrochée à un arbre et au bout de ce jardin coule une rivière. C'est le paradis. Ma tante cuisine des tartes avec les fruits qu'elle ramasse dans son verger, elle fait tout elle-même, la regarder malaxer la pâte me fascine, je ne t'ai jamais vue faire cela. Il y a un rocking-chair dans le salon, des plaids tricotés à la main, on boit du café au lait dans de grands bols en émail. Mon oncle coupe du bois pour faire du feu dans la cheminée. Des chats se prélassent et mes cousines peuvent les manipuler dans tous les sens, ils ne les griffent jamais. Les adultes fument et parlent politique dans le salon, ils écoutent de la musique folk, mon oncle a une guitare, il joue des morceaux de Cat Stevens, *Lady d'Arbanville*, je chante *lalala-lalala* sur le refrain. On dirait que la vraie vie se trouve dans cette maison, une vie où l'on enfile des bottes en caoutchouc pour marcher dans la terre et où l'on déambule les pieds nus dans des sabots le reste du temps. Tout semble passer plus lentement, alors que toi et moi ne vivons qu'un brouillon d'existence dans des appartements où nous ne nous installons jamais. Chez nous tout va trop vite, la voiture, la musique, les jours et les nuits. Je me revois espérer que nous aurons nous aussi une maison, de l'espace, du temps. Un jour, nous aurons une vie normale.

Tu me dis : « Tu as de la chance, tu as une mère jeune, plus tard je serai un peu comme une copine pour toi. »

Un week-end sur deux je vais chez mon père. Tu ne supportes pas l'idée qu'il se soit remarié, même si c'est toi qui l'as quitté. Tu dis « mon mari » lorsque tu me parles de lui. Mais comment peut-il être ton mari s'il est marié avec une autre ? Peut-on être marié à plusieurs personnes en même temps ? Et dans ce cas pourquoi ne vous parlez-vous pas, pourquoi ne vous voyez-vous jamais, pourquoi êtes-vous devenus des inconnus l'un pour l'autre, des ennemis même, puisque c'est la guerre ? Tu dis « mon mari » et « l'autre » quand tu parles de sa femme, tu me dis qu'il ne faut pas l'aimer, qu'il faut faire un choix, tu insistes, « n'oublie pas que ta mère c'est moi ». Je ne te trahirai pas. Je t'écoute me raconter que mon père a « refait sa vie et sans toi, sans toi ! ». Je te crois puisque je le vois rarement, ça doit être vrai que je ne compte plus vraiment. Tu dis que tu ne me ferais jamais cela, « il n'y aura que toi, nous resterons toutes les deux », ça me fait comme un pansement, un baume tout chaud sur le cœur, alors voilà, il n'y aura que toi, toi et moi toute la vie, toutes les deux, serrées dans ton grand lit. Jamais tu ne m'abandonneras.

Le pansement ne colle pas très longtemps. Quand je rentre le dimanche soir, parfois tu es déjà endormie, parfois je trouve un vêtement d'homme oublié sur une chaise, parfois tu me dis que tu es déçue que je rentre si tôt et que tu regrettes de ne pas avoir eu le temps de profiter de ton week-end.

Un soir de Noël, tu me couvres de cadeaux. Un poupon, un berceau, une poussette, une table à langer, une chaise haute. Je mets des heures à tout déballer, les jouets prennent toute la place dans le salon. Tu te réjouis d'une telle opulence. Tu me dis en me caressant la joue : « Être ta mère, c'est la seule chose qui compte dans ma vie. »

Tous les mardis soir, je vais chez tes parents. Ta mère est douce, calme, rassurante. Elle me raconte des histoires, m'apprend à lire, me coiffe avec délicatesse, me cuisine ce que j'aime, me borde dans le lit avant la nuit. Je me demande comment vous pouvez être aussi différentes.

Lorsque tu invites quelqu'un à dîner, j'ai le droit de rester éveillée très tard. Bercée par vos conversations, je joue avec la tortue et la chouette naturalisées. Je teste la résistance de la carapace, perds longuement mes doigts dans les plumes. Je n'ai pas conscience qu'il s'agit d'animaux morts, cela ne me dégoûte pas, ce sont mes compagnons, mes confidents.

Tu répètes sans cesse que tu veux mettre fin à tes jours. Je ne comprends pas le sens de cette expression. Une après-midi, à l'étude, je cherche dans un des dictionnaires de l'école. Je trouve la définition de « fin », puis celle de « jour ». Cela n'éclaire rien. Je n'ose pas poser de question.

J'observe la robe de mariée que tu as conservée et suspendue dans ton armoire. Je m'étonne auprès de toi de sa couleur, un vert pâle. Tu me réponds que le blanc n'était pas compatible avec une grossesse. Dans ma tête je calcule et le résultat m'apparaît vite : ce n'est pas moi que tu attendais alors. La nuit, je rêve que je ne suis pas votre enfant, que j'ai été échangée avec un autre, qu'on me cache quelque chose.

Nous allons au cinéma. Cela nous arrive rarement, c'est un événement. Tu m'emmènes voir un film dont ils ont parlé au journal de vingt heures. « Ça va te plaire, il y a des marionnettes. » J'ai toujours détesté les marionnettes. Je les trouve effrayantes, tout comme les clowns, le père Noël, les gens dans les soirées costumées. Je n'aime pas qu'on se donne en spectacle, je n'aime pas les déguisements et je n'aime pas les marionnettes, on ne sait jamais ce qu'il y a dedans.

Je suis assise à côté de toi, dans une salle emplie de monde, et je grave cet instant dans ma mémoire. La lumière s'éteint, le noir se fait dans la salle et entre nous. La scène est sombre, je ne vois que des monstres, des oiseaux effrayants, mes mains agrippent les accoudoirs. Je te chuchote que je veux m'en aller, que j'ai peur, que j'ai envie d'aller aux toilettes. Tu refuses et me dis que tu as payé la place, que nous restons, que je fais des manières, que j'en rajoute, un caprice, « allons ne fais pas ta chochotte ». Je m'enfonce un peu plus dans le fauteuil, je cache mes yeux avec les mains. J'essaie de ne pas regarder la sorcière qui n'a qu'un œil, les vautours dont les voix sont horribles, stridentes, grinçantes. Je convoque des pensées magiques, *si je suis à côté de ma mère alors je ne risque rien, si ma main peut toucher sa main alors il ne m'arrivera rien.*

Lorsque la lumière se rallume, je te demande si tu m'as trouvée courageuse. Tu me réponds : « Oh mais enfin n'exagère pas, c'est seulement du cinéma ! »

Le soir venu, je rêve des vautours, de leurs becs acérés, de leurs cous déplumés, et j'entends leurs voix grincer dans la nuit. Si je me concentre, je les entends encore aujourd'hui. Les monstres ne sont pas partis.

J'observe les tortues lorsqu'elles nagent. La lenteur de leurs mouvements, leurs minuscules pattes palmées, la rayure rouge qui scinde leur tempe. Je les trouve trop laides pour les nommer, je ne m'attache pas à elles. Les tortues sont là, c'est tout.

Certains mercredis, je t'accompagne à ton travail. Tu es secrétaire à l'hôpital. Ton bureau jouxte un amphithéâtre. Lorsque la salle est vide, cela devient mon espace de jeu. Je cours entre les rangées de sièges, je monte et descends les nombreux escaliers, je m'assois à une place au hasard. Les jours de défi, j'ose prononcer quelques mots à voix haute, ça résonne comme un écho. Mais ce que je préfère, c'est monter sur l'estrade en bois et me placer derrière le bureau. Je fais semblant de faire cours, je me transforme en universitaire, j'invente des mots issus du jargon médical, *doliproxydine*, *sardométriose*, *carapalgie*, je les écris à la craie sur l'immense tableau. Lorsqu'il y a cours, je reste près de toi, dessine sur un coin de table, t'observe. J'ai l'impression que tout le monde t'aime ici. Les étudiants en médecine passent te voir toute la journée, certains professeurs aussi, ils discutent longuement avec toi et ont l'air de bien te connaître. De temps en temps, vous sortez ensemble fumer une cigarette. Vous parlez de fêtes, de pots de thèse, de soirées privées. Tu es souriante, joyeuse, légère. Vous faites des blagues que je ne comprends pas. Tu répètes « chut, pas devant la petite » et tu m'écartes d'un mouvement de bras.

Je t'emprunte du vernis pour le poser sur les ongles d'une poupée. Cela te met hors de toi lorsque tu le découvres. Tu dis que la poupée est fichue et tu la balances par la fenêtre du 6e. Le lendemain, tu m'en offres une autre.

Tu m'emmènes rendre visite à un ami. Je ne le connais pas. Il porte un prénom de troubadour. Il est infirmier et travaille dans un hôpital où il est logé. Nous passons la fin de l'après-midi avec lui, il me met un dessin animé. Je me concentre sur le film pour ne pas regarder ce que vous faites, pour ne pas écouter ce que vous dites, parce que ce sont des histoires d'adultes. Il propose que nous restions dîner. Nous mangeons tous les trois sur le bar qui sépare la cuisine du salon, le tabouret est trop haut pour moi, je fatigue, m'allonge sur le canapé. J'entends vos voix, le bruit des assiettes qui s'entrechoquent et celui de l'eau qui coule dans l'évier.

Lorsque je me réveille, il fait grand jour. On a posé une couverture sur moi. Où es-tu ? Je n'ose pas bouger. Mais je me lève tout de même, jette un œil vers la cuisine, personne. Je décide d'aller taper à la porte de la chambre. J'ai mal au ventre. La porte est ouverte, il n'y a que lui dans le lit. « Elle est où maman ? » Il se tourne vers moi, s'étire, il fait des bruits d'ours. Il a beaucoup de cheveux et de poils.

— Ta mère est partie travailler, tu dormais bien alors elle t'a laissée ici.

— Mais… et l'école ?

— Elle a dit que ce n'était pas grave pour l'école. Elle va revenir te chercher après son travail. Moi, j'ai une réunion à onze heures, mais tu pourras rester ici ou te promener dans le parc, tu as vu c'est très grand.

— Toute seule ?

— Bah t'es une grande fille non ?

Je ne sais pas si je suis une grande fille. Je ne veux pas rester là. Je ne connais pas cet homme mais je me retiens, je ne veux pas pleurer devant un inconnu. Il se lève, me fait un chocolat chaud et des tartines. Je pense à l'école, à la dictée de ce matin, à l'excuse qu'il va falloir donner, aux leçons qu'il faudra rattraper. Il ouvre la fenêtre du salon. Le parc est immense. Je me penche pour regarder. Soudain on entend un hurlement. Je me tourne vers lui, effrayée. Il rit, me dit de ne pas avoir peur, « c'est l'hôpital des fous ici ».

Je passe la journée assise dans le canapé, avec mes vêtements de la veille, à regarder la télévision. Je pense beaucoup à l'école. Tu vas encore mentir, tu diras que j'ai été malade, comme tu le fais souvent, mais cela m'embête que tu inventes des histoires pour la maîtresse parce que je sais qu'elle sait. Elle lira le mot dans le cahier de liaison, elle me dira « ce n'est pas grave va, tu rattraperas » et on n'en parlera plus. Vers dix-sept heures, tu viens me chercher. Tu me demandes si j'ai bien profité de ma *journée de congé*, tu t'excuses de ne pas m'avoir réveillée, tu étais déjà trop en retard pour ton travail. « De toute façon, une bonne élève comme toi n'a même pas besoin d'école ! » Tu remercies le troubadour de m'avoir gardée et nous rentrons. Nous ne le reverrons jamais.

Tu sors souvent en discothèque le week-end avec tes amies. Je t'entends évoquer le sujet pendant la semaine, tes copines viennent à la maison, vous parlez des vêtements que vous allez porter, des personnes que vous y retrouverez, des chansons à la mode que vous aimeriez entendre. Je vous regarde, vous êtes souvent trois, l'une d'entre vous porte les cheveux très longs, des bottes à talons, elle a la taille serrée par de larges ceintures. Pour moi, c'est sûr, c'est cela être une femme.

Après leur départ, tu mets un disque, pousses le son et tant pis pour les voisins. De tes yeux de chat, tu minaudes, me supplies, « danse avec moi », alors je tourne autour de toi, je fais des mouvements avec les bras, comme si je voulais toucher le ciel et tes cheveux et tes yeux, comme si la vie c'était seulement ça, écouter de la musique, laisser glisser son corps dessus, et oublier le reste.

Sur la pochette de ton disque favori, on voit une femme en nuisette de soie, ses cheveux sont roux, elle retire ses bas. Cette photographie me fascine, comme si c'était toi en surimpression. Je te demande ce que raconte ce morceau que tu écoutes tout le temps, « oh, c'est l'histoire d'une femme trompée ». J'ignore le sens de cet adjectif. Tu expliques : « C'est quand on te fait croire qu'on t'aime alors que ce n'est pas vrai. C'est ce que font les hommes. »

Chaque mois, je reçois par la poste des fiches documentaires sur les animaux. Je les range consciencieusement dans une boîte en plastique orange. Je n'ai qu'une hantise en ouvrant l'enveloppe : que l'une des fiches soit consacrée à un reptile et qu'il me saute à la gorge.

Tu es une femme qui fait attention à elle, qui prend soin de son visage, de ses cheveux, de son allure. J'aime la façon dont tu poses délicatement le fard brun sur la peau fine de tes paupières, dont tu appliques le mascara sur tes longs cils distincts. On se retourne parfois sur toi dans la rue, je le vois, les hommes te regardent, les femmes aussi, et cela me rend fière. Je rêve souvent à la femme que j'aimerais devenir et c'est ton visage qui apparaît dans mes rêves, ton visage et ta silhouette longiligne, ton teint diaphane, tes taches de rousseur. Je voudrais être comme toi, une femme libre, qui ne dépend de personne, obéit à ses propres règles et suit son seul mouvement.

Je m'amuse à imiter tes gestes, la façon dont tu tiens ton sac, celle dont tu remets en place une mèche de cheveux, la manière dont tu marches dans la rue. Je fabrique une cigarette avec un rouleau de papier pour m'entraîner à la tenir comme toi. Je n'ai aucun doute sur le fait que je fumerai quand je serai adulte, d'ailleurs je ferai tout comme toi, je mangerai peu, je me coucherai tard, je n'aurai qu'un enfant que j'élèverai seule. Il n'y aura pas d'homme dans ma vie, les hommes resteront à la périphérie de mon existence, comme des papillons qui tournent autour des lampadaires la nuit, nombreux et invisibles, dans un brouhaha agaçant.

Le soir, quand tu retires tes bijoux, je les essaie. J'aime particulièrement tes bagues, une grosse aigue-marine et une perle montée sur un large anneau d'argent. Elles glissent de mes doigts, cela t'irrite, « arrête de jouer avec, tu vas finir par les perdre », alors je les remets dans la petite boîte en étain sur ton chevet, là où traîne toujours un livre, ceux de Colette, Marguerite Duras, Françoise Giroud. Tu es une lectrice et je farfouille dans ta bibliothèque, on y trouve beaucoup de femmes, des femmes qui parlent de femmes. J'aime ces moments où nous lisons côte à côte, dans le silence du salon, sans échanger un mot.

Je me sens proche de toi, nous ne sommes qu'une même personne. Tu n'as que moi et je n'ai que toi. Je ne t'en veux jamais, pour rien, même si je vois bien que tu n'es pas comme les autres mères, que tu ne joues pas avec moi, que tu ne surveilles pas mes devoirs, que tu ne prépares pas de gâteau le dimanche, que tu ne me dis jamais d'aller au lit ou de me laver les dents. Peu importe. Tout de toi me fascine.

Je me souviens de ça, cette adoration.

« J'ai un cadeau pour toi », c'est ce que tu me dis en me tendant un morceau de carton beige. Ma carte d'identité. Tu y as fait ajouter ton nom. Tu me dis que la justice est rétablie, que tu ne vois pas pourquoi je devrais porter le nom de mon père alors que c'est avec toi que je vis. Tu ne m'as pas demandé mon avis. Un photomaton flambant neuf laisse voir un sourire crispé et une frange anarchique qui barre mes yeux. Deux noms figurent sur cette carte. Vos noms à tous les deux qui se toisent. Je ne sais plus comment je m'appelle.

Un soir, tu m'emmènes à une fête chez des étudiants. Dans le vaste appartement, la musique est très forte. Personne ne demande ce qu'une enfant fait là. J'ai amené un album de coloriages et des feutres, je m'assois en tailleur dans un coin de la pièce. Bientôt, sous mes yeux, des filles déambulent en riant, nues. Des filles et puis toi, au milieu d'elles. Cela me rappelle les affiches sur les murs chez nous, tout est rose et flou.

Tu écris un immense *je t'aime* au rouge à lèvres sur le miroir de ma chambre.

Des hommes traversent ta vie. Je perçois leur existence au hasard de détails, une conversation que je surprends, un numéro de téléphone griffonné sur un carnet dans l'entrée, un trouble dans ton regard. La plupart du temps, ils ne font que passer, je ne les rencontre pas. D'autres s'installent un peu plus longtemps. Nous habitons quelques mois chez l'un d'eux. Tu me dis que tu l'aimes, que c'est important. Une nuit, une dispute éclate et vous vous empoignez violemment. Nous partons le lendemain. Plus tard, un autre emménage chez nous. Je le trouve gentil mais un matin il te menace avec un fusil et cette fois c'est lui qui part. Tu n'as pas de chance, ce sont tous des salauds, ils n'en veulent qu'à ton cul, c'est ce que tu me dis, tu me parles avec ces mots-là, ton cul, des salauds, ils ne te méritent pas. « J'ai besoin d'être aimée, ma chérie, et je crois que personne ne m'aime. » Je te réponds que ce n'est pas grave, qu'on est bien toutes les deux, qu'on n'a besoin de personne, mais je sais bien que ça ne résout rien, et puis je vois les autres, mon père et sa femme, mes oncles et mes tantes, tous ces couples autour de nous et toi qui restes seule.

Je voudrais te protéger, te prendre dans mes bras, te serrer fort quand tu pleures, te porter ton sac, tes courses, te faire couler un bain, te servir un café, te faire des dessins, des tas de dessins où nous serions ensemble devant une maison et des arbres, « on se tient la main regarde », t'écrire des histoires, te chanter des chansons, te rendre heureuse. Je sens bien que par moments tu glisses, que le sol se dérobe sous tes pieds, que tu perds l'équilibre. Les enfants sentent ces choses-là, ce qui se fendille, lentement, dans la routine de l'existence, dans le cœur de leurs parents. Quelque chose se déchire, peu à peu, je le vois et rien ne peut recoudre ça.

Mes dents de lait ne tombent pas et le dentiste décide de me les arracher, pour faire de la place aux dents définitives. Ça fait beaucoup de dents. Tu me promets une récompense si je me tiens bien pendant les séances. Je me tais quand le dentiste me pique, même si j'ai mal, même si je déteste la sensation de ses doigts dans ma bouche, même si je vois le sang qui s'écoule lorsque je recrache dans la gamelle en inox qu'il me tend, avant de me donner mes dents, glissées dans un petit sachet en plastique, pour que je les mette près de mon lit la nuit, pour la souris. Je ne crois pas à tout ça, mais je prends le sachet sans demander mon reste. Lorsque nous sortons du cabinet, nous allons directement au magasin de jouets. Tu me fais souvent des cadeaux, comme ça, pour me faire plaisir. Tu dépenses beaucoup pour moi. Mon lit est recouvert de peluches, tu m'achètes des jouets, des livres, des jeux, des vêtements. Je suis une enfant gâtée, tout le monde le dit.

L'argent est un sujet de tension avec mon père qui te verse une pension alimentaire. Tu me répètes qu'il ne te donne pas assez, lui insinue qu'il te verse trop. C'est la seule chose qui vous lie encore, ce que je vous coûte, pas assez, trop. Je suis un poids. Vous conversez à peine, seulement au téléphone, un minimum de phrases, vous ne vous voyez pas, vous m'échangez en bas des escaliers de l'appartement. Je me demande pourquoi vous avez eu un enfant.

Tu m'as maquillé les yeux très noirs, la bouche très rouge, et enfilé un de tes hauts à fleurs. La voix grave de Bowie s'éprend d'une *China Girl.* Tu danses sur le tapis du salon, les pieds nus, tu tiens des baguettes dans les mains que tu agites en tous sens, cheffe d'orchestre surexcitée. Je suis leur mouvement des yeux comme un pantin.

Un week-end où je suis absente, tu te coupes les cheveux toi-même, beaucoup trop court. Cela ne te plaît pas. Lorsque je rentre, tu m'ouvres la porte la tête recouverte d'une perruque brune. Je crois m'être trompée d'étage. Je ne te reconnais pas.

Sous mon lit, je cache un journal qui ferme avec une clé. J'écris chaque jour quelques lignes. Elles te sont toutes consacrées.

Il y a une fête dans l'appartement qui jouxte ma chambre. Je refuse de dormir dans mon lit avec un tel vacarme, alors que je dois me lever tôt pour aller à l'école. Je veux dormir avec toi. Tu ne cèdes pas. Je pleure. Un vrai caprice. Une sale gosse.

L'homme que tu as invité ce soir-là s'interpose. Il a trop bu, il parle fort. Il est agacé et prend mon parti. Il t'ordonne de déplier le canapé pour que je puisse dormir dans le salon. J'ai gagné. Tu déplaces la table basse, déplies le clic-clac, je me couche. J'ai la tête contre la cloison qui sépare le salon de ta chambre. Tu éteins la lumière. Je ferme les yeux.

Très vite des bruits me parviennent. Des chuchotements, puis des mots. Vos deux voix entremêlées de l'autre côté du mur. Et c'est à ce moment que j'entends. Les coups. Les claques. Les cris que tu étouffes. *Arrête. S'il te plaît arrête.* Je t'entends. Ton souffle court, des pleurs ravalés. *Je t'en supplie, arrête.* Cela fait un bruit étrange, un poing qui rencontre un visage. C'est à la fois sourd et mou. Ça s'enfonce dans le cartilage, ça cogne sur l'os, ça rebondit. Il n'y a pas de mot pour dire ce son, pas d'onomatopée. Ce n'est pas *Pif, Bam, Bang* comme dans une bande dessinée. Ce n'est rien de tout ça. C'est plutôt comme un trou noir. Ça se plante et ça écrase. Ça cogne et puis c'est tout.

Je me souviens de ça, un bruit mou.

Je suis allongée dans le canapé. Je suis encore en colère contre toi. Je pense : *C'est bien fait pour elle. Elle n'avait qu'à ne pas insister pour cette histoire de chambre. Elle l'a cherché.* Je pense exactement ces choses-là. *C'est bien fait.*

Et puis, je ne t'entends plus. Tu ne dis plus *Arrête*, ni *S'il te plaît.* Tu t'es tue. Tu as cessé de lutter. J'entends encore les coups. Je ne sais pas quand ça va s'arrêter. Je ne veux plus entendre. Je remonte la couverture au-dessus de ma tête, je me bouche les oreilles, je me raconte une histoire. *Cela n'existe pas. Ce qui se passe cette nuit n'est pas réel. Je suis en train de rêver.* La porte de la chambre s'ouvre. Quelqu'un traverse le salon, sans allumer la lumière, se rend à la salle de bains et ferme la porte à clé. Je m'endors peu après.

Le lendemain, je m'habille puis me rends dans la cuisine pour le petit déjeuner. Tu es assise sur une chaise. Tu lèves les yeux vers moi. Tu n'as plus de visage.

J'ai tué toutes les tortues. J'ai cessé de nettoyer leur aquarium et de les nourrir. Tu ne t'es aperçue de rien jusqu'à ce que l'odeur soit trop forte. Tu me demandes de tout nettoyer. Le bocal empli d'eau croupie dans lequel elles flottent pèse une tonne. En vidant le tout dans l'évier, il me semble voir l'une des tortues bouger. Je la mets dans le sac plastique avec les autres pour m'en débarrasser.

Tu m'emmènes au spectacle de Noël de ton travail. Des marionnettes, encore. Tu devines mes craintes, me tiens la main, te penches vers moi et me dis à l'oreille : « Je suis là, il ne peut rien t'arriver, tout ira bien. »

Un dimanche soir, alors que je rentre de chez mon père, tu me demandes de me mettre en pyjama et de te rejoindre dans le salon, tu as quelque chose à m'annoncer. J'ai le ventre noué, tu ne fais jamais ça, *m'annoncer quelque chose*. Tu te lances : « J'ai une bonne nouvelle. » Je reste silencieuse. Tu reprends : « Tu vas avoir dix ans, j'ai beaucoup réfléchi, j'ai peur qu'en grandissant tu commences à t'ennuyer, alors j'ai pensé, tu vas rire tu vas voir, j'ai pensé… » Je ne dis rien, j'attends. « J'ai pensé que tu serais contente si je te faisais un frère ou une sœur, alors… tadam ! » Je reste silencieuse, la bouche ouverte. « Bah quoi, me dis pas que t'es pas contente ! Au moins tu seras plus toute seule, ça va être formidable, manquerait plus que tu fasses la tête ! » Je ne sais pas quoi dire. Tu files en chantonnant dans la cuisine, comme si de rien n'était. Mon cerveau carbure à plein régime. Je comprends que notre vie telle qu'elle était jusqu'ici s'arrête, que plus jamais nous ne serons toi et moi, toutes les deux, pour toujours, comme tu t'y étais engagée. Un dimanche soir, aux alentours de vingt heures, la vie qu'on s'était inventée disparaît.

Je maltraite la tortue empaillée. De la ouate s'échappe de son corps. Je tire dessus, je la vide de sa substance. Ses pattes partent en lambeaux et elle a perdu un œil. Ne reste bientôt plus que la carapace, dure, intacte, qui n'a pas pu protéger les parties exposées.

Un mois avant de fêter mes dix ans, j'ai une sœur. C'est un petit bébé, né en avance. Ses cheveux sont roux, presque feu. Elle porte un prénom que je n'ai jamais entendu, un prénom qui finit en « a », comme le mien. « C'est un premier point commun », te réjouis-tu. Dix ans nous séparent, tu fabriques un pont entre nos histoires.

Je m'étais bêtement juré de ne pas l'aimer, mais son corps frêle, ses longues mains, ses yeux curieux, tout m'attache à elle dès les premiers instants. J'apprends à la porter dans mes bras, à soutenir sa tête, à lui donner le biberon, à changer ses couches. J'apprends à te regarder donner du temps à une autre personne que moi. Contre toute attente, j'aime que ce bébé soit là. J'aime que tu sois à nouveau mère.

De ton côté, tu es métamorphosée. Tu as perdu énormément de poids, tu flottes dans tes jeans. Tu agis de façon automatique, tu accomplis des gestes, tu prononces des mots. Tu t'occupes de ma sœur, la nourris, la couches, lui parles, mais c'est comme si, pour le reste, tu n'étais pas là.

Je me fonds dans ce silence, dans cet air empli de coton. Seuls les pleurs énergiques de ma sœur habitent l'appartement à intervalles réguliers, nous ramenant tant bien que mal à la vie. Alors quelque chose se passe et prouve que nous existons encore.

Tes histoires d'amour sont comme la maison de paille des trois petits cochons, on souffle dessus et il n'en reste rien. Nous vivons désormais à trois, le bébé, toi et moi. Nous avons changé de quartier, l'appartement est grand, il y a un balcon, un immense couloir et des tonnes de cafards. On ne peut pas tout avoir.

Tu as toujours vécu au-dessus de tes moyens. Tu dépenses sans compter pour nous installer. Un canapé en cuir, de l'électroménager tout neuf, des tapis et un lit double pour moi. Nous ne manquons de rien, nous faisons même un peu *luxe* pour l'immeuble. La plupart des autres locataires sont également des femmes seules avec enfants. À cette époque, le divorce s'est démocratisé, toutes les familles sont monoparentales. L'idéal nucléaire s'est atomisé.

Tu changes de voiture, préfères désormais prendre des vacances dans des meublés, t'inscris à des cours de dessin, de poterie, de couture. Tu achètes tout le matériel nécessaire, un chevalet, des gouaches hors de prix, des toiles, une machine à coudre, des métrages de tissu. Tu entasses tout cela dans ta chambre, « quand j'aurai le temps », et le temps passe. Tu fumes plusieurs paquets par jour. Tu es maigre à faire peur. Tu as trente ans et deux enfants.

Les missives administratives s'entassent sur un meuble dans l'entrée. Tu feuillettes les enveloppes, en ouvres certaines, en reposes d'autres sans t'en préoccuper. « Ne pas savoir, c'est la meilleure façon de ne pas souffrir », me dis-tu parfois. Alors tu fais comme si tu ne savais pas, tu fais comme si les expéditeurs des courriers n'étaient pas des créanciers. Tu continues à dépenser, tu remplis des dossiers pour payer en plusieurs fois, souscris des crédits à la consommation. La grande vie, faire comme si.

Un samedi midi, on sonne à la porte. C'est un huissier. Tu ne le fais pas entrer, tu l'écoutes sur le seuil. Ses chaussures lustrées dénotent sur notre paillasson. J'entends des mots comme *retards de paiements*, *intérêts*, *saisie*. Tu ne réagis pas.

Le soir, tu restes tard dans la cuisine. Il y a des papiers éparpillés partout sur la table. Tu sembles réfléchir, faire des calculs. Tu t'es servi un whisky. Depuis quelque temps, j'ai remarqué que tu le fais régulièrement et de plus en plus tôt, dès que tu rentres du travail. Tu me surprends en train de t'observer depuis la porte. D'une voix brisée, tu me demandes de te laisser.

C'est l'inquiétude surtout dont je me souviens. Cette sensation de ne jamais être sûre de rien. La peur constante que quelque chose se passe ou, au contraire, que rien ne se produise. C'est l'inquiétude qui se niche dans tout. Les silences qui se multiplient. Ta solitude qui devient criante. La répétition de tes gestes. L'inquiétude sur ton visage, l'inquiétude dans le tremblement de ta main. L'impression de jouer un rôle permanent, de faire semblant d'aller bien alors que tout s'effrite, s'érode, se désagrège. L'inquiétude est ce fil sur lequel nous marchons, jusqu'à ce qu'il cède et que l'une de nous tombe.

Mon père m'annonce qu'il part vivre à mille kilomètres et me propose de m'emmener avec lui. Cette idée me panique, je ne peux pas te laisser. Je refuse.

Tu veux pour moi « la meilleure éducation ». Pour cela aussi, tu puises dans des économies que tu n'auras jamais, alors je ne te dis pas que je déteste ce collège privé où tu m'as inscrite, que je m'y sens seule, différente de tous ces enfants de notables, puisque je ne suis pas de leur monde, puisque nous vivons dans ce qu'ils appellent un immeuble de « cas sociaux ».

Un jour, je rentre du collège en coupant par le parc, j'ai mon sac sur le dos, un jeans 501, un pull Benetton. J'ai découvert l'importance de porter des vêtements de marque, pour être comme les autres, ceux qui ont tout, alors j'ai insisté pour que tu me les achètes, ces sweat-shirts qui coûtent un bras, ces jeans dont on paie l'étiquette américaine au prix fort, et tu as cédé. J'ai mon sac sur le dos et mes déclinaisons de latin dans la tête, *rosas rosarum rosis*. Je traverse les jardins vides de la résidence, je passe par le petit sous-bois. Au détour d'un buisson, un homme surgit. Il se tient debout devant moi, me barrant la route. Il ouvre son imperméable d'un geste sec, en tenant chaque pan d'une main et en écartant les bras. Je suis *obligée* de regarder, je n'ai pas le choix. Il ne dit rien, mais j'ai l'impression qu'il ricane et que son rire résonne contre les parois de mon crâne. Quelques secondes, peut-être une minute. Ou un peu plus. Il referme son manteau et disparaît.

Je reste un instant paralysée, sans pouvoir faire un geste ni un pas. Je suis une statue, un bloc de marbre, voilà c'est ça, je suis une pierre et je ne peux pas bouger, mes pieds sont figés dans le sol, attachés par des liens invisibles, ou des mains qui les retiennent. Je me sens sale, je transpire. Aucun son ne sort de ma bouche, il m'est impossible de crier, pour appeler qui et pour dire quoi, j'ai onze ans et je n'ai jamais vu ça, il me l'a mis sous les yeux, pile à ma hauteur de petite fille, il a ouvert son vêtement sous lequel il était nu, comme pour me dire *regarde, regarde petite*, alors que je ne voulais pas.

Je fais un pas puis un autre et parviens à rentrer chez

nous. Le chemin me semble long, alors que je ne suis qu'à quelques centaines de mètres. Peut-être que si j'étais passée plus tôt, peut-être que j'ai trop traîné en chemin, peut-être que j'aurais dû prendre l'autre raccourci, pourquoi suis-je passée à cet endroit, à cette heure-là, c'est ma faute, c'est forcément ma faute. Je tremble encore quand je presse le bouton de l'ascenseur, quand les portes se referment, que je cherche ma clé au fond de ma poche et que j'ouvre la porte avant de la repousser et de tirer promptement le verrou. Je file dans ma chambre, je sors mes affaires, je fais mes devoirs. Tout va revenir à la normale, il ne s'est rien passé, rien du tout.

Tu rentres une heure plus tard. Je me mets à pleurer dès que je t'aperçois. Je te dis ce qui m'est arrivé, les mots arrivent en cascade dans ma bouche, l'homme en imperméable, les buissons, son corps nu, ce truc raide entre ses jambes, mes mains moites, les déclinaisons de latin, le mauvais chemin. « C'est un exhibitionniste, c'est rien ! Et puis c'est ça être une fille, t'en verras d'autres, va ! »

Les années passent comme un trou noir. Du collège je ne me souviens pas. De notre vie je ne me souviens pas. De toi, de ce que tu fais, de ce que tu dis, de la façon dont tu traverses les jours, il ne me reste presque rien.

As-tu une liaison, une histoire cachée, des désirs ? Je n'en sais rien et nous parlons peu. Les seuls moments où ta langue se délie c'est le soir, tard, lorsque tu as bu. C'est désormais devenu une habitude, tu ne t'en caches plus, même si tu ranges les bouteilles de whisky sous l'évier avec les produits d'entretien. Les soirées deviennent douloureuses. Tu pleures, tu me parles de mon père, de la vie que tu as ratée, des hommes que tu as cru aimer. Tu ne parles plus d'argent, tu es parvenue à obtenir un dossier de surendettement et tes crédits ont été rééchelonnés. Cette angoisse-là au moins reste à distance. Tu me racontes des histoires que je ne choisis pas forcément de croire, mon père t'aurait promis de revenir après le divorce mais il s'est remarié, plusieurs de tes amants t'ont caché avoir une femme, d'autres ont refait leur vie, alors pourquoi n'y parviens-tu pas, pourquoi toi, toujours toi ? Tu me poses la question et je n'ai pas de réponse, ou seulement *ce n'est pas ta faute* parce que je sais que cela te rassure d'entendre cela, que tu n'y es pour rien, que c'est juste de la malchance, une sorte de poisse accrochée à tes basques. Je sais bien que *ce n'est pas ta faute.* Il est tard, il y a la vaisselle à faire, ma sœur est couchée depuis longtemps, mais moi je reste là, il est vingt-trois heures, minuit, je te tiens compagnie, de toute manière tu ne dors plus, tu prends des cachets, il y en a plein l'armoire de la salle de bains. Parfois je lis les notices pour savoir ce que c'est, antidépresseurs, anxiolytiques, hypnotiques. Je retiens des mots au hasard, *duloxétine*, *sérotonine, benzodiazépine*, ce ne sont plus des mots que j'invente, ce sont ceux que tu as dans le sang. Parfois, je compte le nombre de cachets dans les boîtes, pour voir combien tu en prends, à quelle fréquence, je compte le nombre de verres, le nombre de cigarettes. Je tiens le journal de ta dérive. J'ai l'impression que tout le monde le sait mais se tait. Il faudrait être aveugle pour ne pas le remarquer. Au travail, on ne te confie plus autant de dossiers. Aux réunions de famille personne ne bronche, ni tes frères et sœurs, ni tes parents. C'est un sujet dont personne n'a envie de parler. Il y a pourtant de plus en plus de moments où l'alcool te fait perdre l'équilibre, où tu sembles en suspens, prête à tomber.

Je voudrais que quelqu'un te vienne en aide.

Au lycée, je change d'établissement et revis. Les autres élèves me ressemblent, je me fais enfin des amis. Chaque soir je dois aller chercher ma sœur à l'école. Je ne peux pas toujours rester avec les autres à la sortie des cours, ceux qui vont au café, jouer au baby-foot, discuter pendant des heures. Je fais la gueule, je trouve cela injuste à quinze ans de devoir m'occuper d'une enfant de cinq, mais je le fais, je n'ai jamais été une rebelle. De toute façon, je vis avec toi en continu désormais, cela fait trois ans que mon père est parti s'installer dans le sud de la France, je ne le vois plus que pour les vacances. Je suis le second adulte du foyer. Après un conflit avec un supérieur, tu as changé de service, la situation avec ton nouveau patron est tendue, cela te pèse, tes journées sont longues et tu rentres tard. Alors je prends le relais, je vais chercher ma sœur à la maternelle, je l'écoute me raconter sa journée, je lui prépare le goûter, je regarde des dessins animés avec elle dans le canapé. *Heidi*, *Princesse Sarah*, *Juliette je t'aime*. Je me réfugie dans cette petite vie, normée, organisée, routinière.

Je me lève une nuit. La lumière est restée allumée dans la cuisine. Je te découvre inerte, étendue sur le sol, sans connaissance. Je ne sais pas quoi faire. Je te soulève comme je peux, je glisse mes bras sous les tiens, tu es plus lourde que je ne l'aurais pensé, je t'attrape et je tire ton corps jusqu'à ta chambre, dans le long couloir. C'est très difficile de te porter jusque dans ton lit, mais je parviens à te coucher, je te retire tes chaussures mais pas tes vêtements, je n'ose pas te déshabiller, je rabats la couette sur toi, j'éteins la lumière et je retourne dans ma chambre.

J'aimerais comprendre pourquoi, de tout ce que nous avons vécu, je ne parviens pas à me délester du pire.

Nous nous éloignons l'une de l'autre. C'est comme si les années où nous ne faisions qu'une n'avaient jamais existé, ou alors dans une réalité parallèle. Je vis sous le toit d'une personne que je ne connais plus. Tu es une femme de trente-huit ans, seule, transparente. Le jour, tu te rends à ton travail, tu n'as plus autant de collègues, tu n'intéresses plus les étudiants. Le soir, tu rentres à l'appartement, fais à manger à tes filles, regardes les séries de la 6 pendant le repas, t'endors sur le canapé devant le film de TF1. Tu as abandonné le dessin, je ne te vois plus jamais avec un livre, nous ne parlons plus de rien. Depuis quelque temps, tu t'es mise à répéter souvent les mêmes choses, toute seule, comme si tu tournais en boucle sur toi-même. J'ai peur que tu deviennes folle. J'ai arrêté de compter les verres, les cigarettes, les absences. Ton visage est recouvert d'un masque, celui d'une femme qui fait semblant d'aller bien. Nous menons une existence ritualisée. Le samedi nous allons faire les courses, le dimanche nous passons voir tes parents. Je n'invite personne, j'ai honte de cet immeuble, des gamins qui squattent en bas, et surtout j'ai honte de toi, pour la première fois, je veux que personne ne te rencontre, que personne ne te voie. J'ai honte de ressentir cela.

Je suis devenue aussi dure que cette carapace de tortue posée sur une étagère dans ma chambre d'adolescente.

Pendant l'année de terminale, je sèche une bonne partie des cours. Je sors tous les week-ends en boîte. Je m'enfile des Malibu ananas écœurants. Je mange trop, j'arrête de manger, je surveille mon poids de manière obsessionnelle. Je fume des cigarettes, du shit, je prends des ecstas. Je vais à des rave parties en banlieue parisienne. Je monte en bagnole avec n'importe qui. Je rentre avec des types que je ne connais pas. Je prends des risques. Ma liberté devient un gouffre, je me sens appelée par le vide, le vide que notre vie trace autour de moi.

Tu ne vois rien, ne remarques rien. « Au moins, tu ne peux pas dire que je suis chiante », me dis-tu en rigolant. Je préférerais que tu le sois. J'aimerais que tu me parles d'autre chose que des programmes télé et des potins de l'immeuble, que tu me remettes à ma place, que tu me dises *non*. Je voudrais redevenir la fille, la petite, être protégée. Je me mets à prendre tes cachets. Je pioche un peu au hasard, ceux qui me tombent sous la main. Je les avale le matin, avant de partir au lycée. Je m'y rends à pied, comme en apesanteur, je marche au ralenti, je titube, shootée. Je cherche cette sensation de lâcher-prise, quand plus rien ne semble avoir de sens, quand plus rien n'est important. Je me mets à penser que je ne manquerais à personne si je disparaissais. La mort m'attire. Je l'écris dans des cahiers. Tu ne vois rien. Mon père ne sait rien. Mes copines s'en aperçoivent parfois, me soutiennent dans les marches du lycée certains jours, font en sorte que les profs ne se rendent pas compte que je dors sur ma table.

Un matin, je m'écroule dans la cour. Un surveillant m'accompagne à l'infirmerie. On prend ma tension, on me fait la leçon. La CPE t'appelle pour te prévenir de mon malaise, demande si tu peux venir me chercher. Tu réponds que tu n'as pas le temps, trop de travail, ma sœur à aller récupérer, je n'ai qu'à prendre le bus, *ça va aller.* Je dors toute la journée à l'infirmerie. À dix-huit heures, j'ai recouvré mes esprits et on me laisse rentrer. Tu m'accueilles avec un grand sourire : « Tu me ressembles tellement. »

Je tombe amoureuse et le garçon me rend visite à l'appartement. Je te le présente, tu lui sers un Coca, nous nous éclipsons. Dans ma chambre, sur mon lit, on s'embrasse. Tu ouvres la porte sans frapper. Tu t'assois sur le bord du matelas, alors qu'il avait passé la main sous mon pull, que tout était doux et que cela ne regardait que nous. Tu te lances dans un discours sur la sexualité, tu emploies des mots crus, tu me gênes. Tu sors de la chambre. J'ai les joues cramoisies. Le garçon me dit qu'il va y aller, qu'il ne peut pas rester.

Après son départ, la porte de ma chambre fermée, j'écoute Noir Désir. La voix rauque transperce mon ventre et mes dix-sept ans. Je me sens prisonnière de ces quatre murs, je ne peux plus vivre ici, mais comment te laisser et comment laisser ma sœur, comment faire alors que tu es si fragile, que toute ton existence semble se démonter comme les mailles d'un pull, comment avoir ce courage, si le courage consiste à s'en aller? *Je t'aime plus qu'un peu.* C'est bien ça le problème, je t'aime et je ne sais pas quoi faire. *Et il y a des chances que rien ne bouge.* Il faut que quelque chose bouge.

J'observe les femmes qui boivent dans les bars. Je me demande si elles sont seules, si elles ont des enfants. Je les regarde tenir le verre dans leur main, le porter à leurs lèvres, le reposer sur le comptoir. J'attends que le verre explose.

J'obtiens mon bac du premier coup, de justesse. La première personne à qui je téléphone, depuis une cabine, c'est toi. Je veux que tu sois fière de moi et tu l'es, je l'entends aux pleurs dans ta voix, je t'entends le dire à tes collègues. Ta joie m'emplit le cœur. Le soir, nous célébrons ça au champagne. Je dois sortir ensuite avec des amis, il y a une soirée organisée pour les bacheliers. Tu me demandes si tu peux venir, je te réponds que ce n'est pas possible, que tu serais la seule mère, que c'est entre gens de mon âge, tu ne comprends pas. « Maintenant que tu as ton bac, tu n'as qu'à partir, de toute façon tu ne m'aimes pas, tu ne m'as jamais aimée. » Je te réponds que c'est faux, comment peux-tu penser ça, comment peux-tu croire ça, *je t'aime* je te dis, c'est juste que ce sont mes amis, tu peux le comprendre, tu as été adolescente toi aussi, emmenais-tu tes parents dans les fêtes ?

« Barre-toi », c'est ce que tu me répondras.

Mes rêves sont envahis par les tortues. La nuit, elles font la course sur mon dos, le long de ma colonne vertébrale, elles enfoncent leurs pattes griffues dans ma peau, elles arrachent un peu de ma chair et la mangent.

Je m'inscris à la fac sans trop savoir ce que j'ai envie de faire, je me brouille avec ma meilleure amie, je me goinfre de manière obsessionnelle. Je passe des heures assise près du réfrigérateur, à me remplir. Je prends énormément de poids, je pèse près de 90 kilos. Personne ne m'en parle. À l'université, très vite, je décroche. Je me réfugie dans le mensonge. Chaque jour, je fais semblant de partir en cours. Je m'assois dans les escaliers de l'immeuble. Une fois que tu es partie, je compte une dizaine de minutes, et je rentre. Je passe la journée couchée dans mon lit. Je ne fais rien, rien du tout. Le soir, j'invente. Les cours, les amis, les résultats des partiels que je ne passe pas. Tout est faux. Je m'enferme dans cette spirale. Je ne sais pas ce que j'espère. Qu'on me découvre, qu'on me sorte de là. *Que quelque chose bouge*. C'est mon père qui flaire le pot aux roses, alors qu'il vit loin. Un soir, tu me fais venir dans le salon et m'annonces : « Ton père vient. »

Ces mots dans ta bouche.

Il se présente à la porte de chez nous. C'est la première fois que je vous vois dans la même pièce. L'incongruité de cette scène. Il me fait la leçon, pas méchamment, il est inquiet. Tu ne dis rien, tes yeux fixent le sol. Nous sommes deux petites filles punies. Ce moment semble suspendu dans l'air, rendu irrespirable. Son corps massif à lui, ton corps chétif à toi. Mon corps difforme entre vous. Lorsqu'il quitte l'appartement, tu ne me fais aucun reproche. Tu allumes une cigarette sur le balcon et tu regardes au loin.

Tu es de plus en plus souvent ailleurs, dispersée. Cela commence à se savoir à ton travail, tu commets des erreurs, tu as des oublis, tu tiens des propos incohérents. J'appréhende les réunions de famille, qu'on te voie comme ça. J'ai l'impression qu'une catastrophe nous guette.

Chaque jour pèse une année entière.

Parce que je ne sais plus de quoi te parler. Parce que tu ne me dis plus rien. Parce que j'ai l'impression que la vie passe à côté de nous sans nous voir. Parce que je ne sais que faire de cette tristesse qui émane de toi. Parce que je suis en colère. Parce que je voudrais avoir une autre mère.

Je prends rendez-vous avec un psychiatre. À la rentrée, j'entreprends des études de lettres. J'obtiens une bourse. Je travaille toutes les vacances pour mettre un peu d'argent de côté. Je rencontre celui qui, je l'ignore encore, deviendra le père de mes enfants.

Je prends mon élan.

J'épluche les offres et déniche un studio dans mon budget. Je t'annonce que je veux partir. Nous nous disputons, je claque la porte de ma chambre. Dans la nuit, tu m'écris une lettre. Je la découvre sur la table de la cuisine, à mon réveil.

Si tu pars, je vais mourir. Si tu pars, je te préviens, je vais faire n'importe quoi. Si tu pars, ne compte plus sur moi. Si tu pars, ça prouve que tu ne m'aimes pas. Si tu pars, c'est que tu préfères ton père. Si tu pars, tu ne sais pas ce dont je suis capable. Si tu pars, tu vas le regretter. Si tu pars, qui te fera à manger, tu ne sais rien faire. Si tu pars, c'est pas la peine de revenir. Si tu pars, tu auras mon suicide sur la conscience.

Je pars.

II

La main sur la poignée, j'attends. Un signe, un mot, une invitation. L'adolescence s'est emparée de ma fille et m'a clouée là. En quelques semaines, nos liens se sont dénoués. Je ne sais plus comment ni où la retrouver, quelle parole prononcer pour qu'elle sonne juste, quel geste faire pour l'atteindre. Je l'ai perdue, quelque part, elle était là et puis plus. Un soir elle s'est couchée et le lendemain elle était différente. Fermée, comme cette porte, verrouillée de l'intérieur. Mon enfant sous cadenas, inatteignable. Aucun son ne sort de sa bouche. Parfois un *oui*, un *non*, un *laisse-moi*. Alors je la laisse, je n'insiste pas, je prolonge son silence avec mon silence, et tout cela fabrique une absence, longue, durable, interminable.

Pourtant je la connais. Je peux détailler chacune des boucles de ses cheveux. En grappes sur sa nuque, dessinant un halo sombre d'où surgit le visage. Les joues ont commencé de fondre, la rondeur s'enfuit à mesure que son enfance s'échappe, comme elle m'échappe. Vertige de son mutisme, sourcils froncés, œil noir. Tout se bouscule dans son regard. Impatience. Colère. Peur. Elle n'est plus une enfant, pas tout à fait une femme. Les muscles se dessinent, la tension des vertèbres se devine sous le tissu du sweat-shirt qu'elle porte un peu grand et sous lequel elle disparaît. Ses épaules se hissent lentement jusqu'aux miennes, je ne suis pas petite, elle va me dépasser. Étoile filante, grandes jambes et longs pieds minces, silhouette fantomatique. Impuissante, j'attends de l'autre côté de la porte, de l'autre côté de ce qu'elle devient et dont je ne sais rien. Dans ce silence inédit que je tente d'apprivoiser, je n'ai qu'une seule certitude. Je suis sa mère.

Parce que la poussée de son talon à l'intérieur de mon ventre. Parce que les légers miaulements de l'enfant à peine venu au monde. Parce que ce crâne si fragile, fontanelle tendre dont la faiblesse inquiète. Parce que ces dix doigts et dix orteils parfaitement finis. Parce que ces deux yeux entrouverts qui bataillent contre l'éblouissante lumière. Parce que sa petite bouche qui presse mon sein qui, immédiatement, se tend. Parce que la sensation prégnante du vide soudain criant. Parce que cet instant n'est comparable à aucun autre.

Le premier mois de son existence, je dors avec mon enfant glissé contre mon corps et mon sein, ce tout petit être allongé entre son père et moi. Il m'est impossible de fermer l'œil. Je ne veux pas être cette mère près de laquelle on dort, cette mère qu'on attend toute la nuit. Très vite, je remets l'enfant dans son berceau, je l'éloigne de moi, je me tiens à distance.

Je ne lis plus que des magazines parentaux et des guides d'éducation. Je veux tout maîtriser du sommeil, de l'alimentation, des rires et des larmes. Je deviens une pro du massage ayurvédique, de la compote maison et des comptines en tout genre. Je veux être une mère parfaite.

Jamais on n'a vu, jamais on ne verra la famille tortue courir après les rats. Le papa tortue et la maman tortue et les enfants tortues iront toujours au pas.

Ses yeux sont grands ouverts, de ce bleu de nuit noire des nourrissons, ils me regardent, j'ignore si elle me voit ou si elle me devine. Je la berce, mes bras vont et viennent dans un mouvement de balancier. C'est une enfant qui dort peu. Je chante, je la berce et il me semble que ma vie, mes jours, mes heures sont engloutis par ce mouvement d'avant en arrière tandis que je n'espère qu'une chose, dormir. Dormir et ne plus porter, ne plus chanter, ne plus tressauter au moindre de ses soupirs, ne plus me réveiller les seins gonflés de lait, tachant mes vêtements dès qu'elle pleure, où qu'elle soit. Désormais je pense *elle* avant de penser *moi*. Je la berce et ses yeux clignent enfin. Elle n'oppose plus de résistance. Ses paupières se ferment, j'observe ses longs cils noirs qui baissent les rideaux sur son sommeil. Sa respiration est rapide, mais sereine, de temps à autre elle émet un petit cri. Enfin son corps pèse un peu plus lourd, ses bras s'écartent de son buste, ses poings se desserrent. Je la pose dans son lit avec d'infinies précautions. Elle est sortie de moi. Elle ne m'appartient pas et s'éloigne déjà.

J'ai quitté ma mère pour devenir une mère. Je pensais qu'avoir des enfants me donnerait les mots pour écrire une histoire nouvelle. Repartir de zéro, inventer un autre commencement, devenir la matrice. J'imaginais que le cours des jours, ainsi reproduit mais modifié, inclinerait ma propre existence à changer de trajectoire, que le glissement s'opérant de la fille vers la mère me permettrait d'intégrer un autre corps, de revêtir une autre peau. J'attendais la naissance comme une métamorphose.

Apprenant que mon premier enfant était une fille, ma mère s'était réjouie : « Comme moi, je savais que tu ferais tout comme moi. »

J'entreprends de décaper le lit en fer forgé qui était le mien lorsque j'étais enfant. La peinture de la structure s'écaille, elle part en morceaux inégaux. Elle part comme je suis partie de chez ma mère, en lambeaux. Je frotte le fer avec une brosse métallique mais la peinture est incrustée dans l'acier. Je ne parviens pas à retrouver la matière d'origine. Je redouble d'efforts, je voudrais tout effacer, tout mettre à nu. La limaille recouvre le plancher. Des accrocs subsistent, je cesse de m'acharner. Ce lit, c'est ma mère et moi mélangées, ce sont nos deux corps qui ont dormi là, entre ces broderies de fer, à des années d'intervalle, au même endroit, séparément. C'est le lit dans lequel repose le fantôme de notre amour.

Je rembobine l'histoire, je remonte son cours à l'envers. Ça fait comme un film en super-8 où défilent à toute vitesse des images de ma fille, sa petite main dans la mienne, ses lacets que je noue, ses genoux que je nettoie à l'antiseptique lorsqu'elle tombe, les chansons fredonnées et sa minuscule voix qui invente des paroles alternatives, ça fait comme des mots de grands réinventés dans sa bouche d'enfant, des images de jupes qui tournent, de sweats à capuche, de cartables, de sacs à dos, et puis aussi des livres lus dans le lit, toujours les mêmes, ses préférés, des films vus et revus, Disney Ocelot Miyazaki, le carambar collé dans les cheveux et les traces de chocolat chaud au bord des lèvres, chocolat chaud toujours trop chaud, l'amour pour elle toujours plus grand, et le sien que je reçois comme une évidence.

Ma fille a les dents du bonheur. Elle rit beaucoup, d'un rire fulgurant qui emplit tout l'espace de la maison, rebondit sur les murs et se plante directement dans mon cœur. C'est une petite fille sage, sérieuse à l'école, soucieuse de sa sœur cadette, avec qui elle n'a pas deux ans d'écart, protectrice avec son petit frère qui arrive peu après. Je la regarde et me revois à son âge, les similitudes entre nous me sautent aux yeux.

Nous avons elle et moi le même grain de beauté sur l'intérieur de la cuisse. Nous regardons les écrans le visage légèrement tourné vers la gauche. Notre saison préférée est l'automne. Nous avons toutes deux des taches de rousseur, celles-là mêmes que je tiens de ma mère. Nous pouvons rester plusieurs heures sans ressentir le besoin de parler. Nous portons toutes deux un parfum qui contient du bois de cèdre. Nous achetons des livres plus vite que nous ne les lisons. Nous portons la même taille de jeans. Nous ne nageons que la brasse. Nous avons le regret de l'enfance. Nous en portons le poids.

Les enfants se nichent dans nos ventres, à l'intérieur de nous, là où les mots n'existent pas encore. J'ai vécu cela plusieurs fois, en pensant à ma propre mère, à ce qu'elle imaginait de notre relation lorsqu'elle m'attendait. Je me demande comment nous avons pu abîmer notre lien, comment le cordon a pu se rompre alors que je m'y agrippais fermement, alors que j'aimais tant tenir sa main.

Au retour de l'école, ma fille se déguise. Elle enlève ses vêtements très vite, la petite jupe, le petit pull, les petites chaussures. Elle me demande de l'aider, alors je défais les lacets, je tire sur les collants de laine, j'écarte le col pour qu'il ne lui fasse pas mal en passant la tête. En culotte et débardeur, elle court jusqu'à sa chambre et ouvre le coffre pour se choisir un costume. La robe rose de la Belle au bois dormant, celle jaune et bleue de Blanche-Neige, celle turquoise de Cendrillon. La robe rouge à pois noirs de la danseuse de flamenco. Le tutu rose pâle du petit rat de l'Opéra. Un voile, des diadèmes, des baguettes magiques. Je l'aide à boutonner, zipper les fermetures éclair, attacher les scratchs dans le dos. Alors elle se contemple dans la glace, heureuse.

Lorsqu'elle a une dizaine d'années, je dépose les costumes dans une benne à vêtements. Peut-être ai-je pensé qu'elle ne les porterait plus, que cela ne lui manquerait pas. Lorsqu'elle s'en aperçoit, elle m'accuse : « Comment as-tu pu mettre mon enfance à la poubelle ? »

Les souvenirs s'attachent à nous bien plus qu'on ne tient à eux. Ils sont dans l'air qu'on respire, dans ce fruit dans lequel on mord, dans la poussière qu'on piétine sans s'en apercevoir. Les souvenirs nous collent à la peau et, comme une encre sympathique, ils reviennent quand nous croyons les avoir effacés. Ils se superposent et nous recouvrent. Les souvenirs sont des vêtements posés sur nous dont les bords usés s'effilochent au fur et à mesure qu'on tire dessus. Difficile de savoir où et quand il faut couper le fil.

Je l'avais voulue, cette vie, désirée depuis toujours, cette famille, ce quotidien simple où chaque chose est à sa place, où rien ne bouge. J'avais réalisé ce qui me semblait être l'idéal à atteindre, je vivais avec un homme que j'aimais, j'avais trois enfants beaux et joyeux, une belle-famille adorable avec qui je fêtais Noël autour d'une bûche, des amis avec qui nous partions en vacances, on écoutait du rock et on regardait des films en VO sous-titrée, j'étais devenue professeure de lettres, je travaillais dans un grand lycée, on avait acheté une maison, noué amitié avec les voisins, j'avais même un chien, j'avais toujours voulu un chien. Ma vie ressemblait à une chanson de Vincent Delerm, entre *Télérama*, France Inter et une bibliothèque bien remplie, chaque chose était rangée là où je l'avais imaginée, tout était parfait. Il n'y avait pas de moment où quelqu'un va sortir une arme, pas de moment où un coup de poing va partir, pas de moment où quelqu'un s'écroule ivre mort par terre. Tout cela, je l'avais voulu, de toutes mes forces, alors je n'ai pas su expliquer, je n'ai pas su dire pourquoi un matin, tout m'a explosé entre les mains.

Il arrive que la carapace de certaines tortues ne soit pas constituée d'os, mais d'une sorte de cuir mou qui leur permet de se glisser dans les anfractuosités rocheuses. Alors on ne les voit plus, elles sont parfaitement dissimulées et échappent aux regards des curieux.

Papa et maman se séparent. Existe-t-il des mots pour dire cela ? Des mots qui soient à portée d'enfants ? Des mots qui aient un sens quand ce qui leur est annoncé est pour eux incompréhensible, de l'ordre du choc, de la catastrophe ? *Papa et maman se séparent.* Je dis les mots, les mots que disent les parents dans notre situation, *nous ne nous aimons plus assez, mais nous vous aimons toujours, comme avant, rien ne change, vous n'y êtes pour rien*. Je dis les mots de façon presque automatique, des mots que j'ai remâchés pendant des semaines, que j'ai gardés en bouche jusqu'à la nausée. *Papa et maman se séparent*. Ce moment n'a pas de nom. Ce moment démantèle notre structure, il vient gripper nos rouages et briser notre mécanique. Tout vole en éclats, se casse, se répand sur le sol. *Papa et maman se séparent*. Dire cette vérité brute. L'amour ne dure pas toujours.

Certains animaux abandonnent leur carapace à la suite de mues successives. La peau délaissée est appelée l'exuvie. Je les jalouse de pouvoir ainsi se délester de leur vie passée.

Lorsque je lui annonce ma séparation, ma mère sait trouver les mots. Les mêmes phrases reviennent de façon récurrente dans sa bouche. *Puisque tu veux une vie de merde, tu vas l'avoir. Faudra pas venir te plaindre. Tu finiras toute seule.*

Un grand salon aux murs blancs. Du parquet de Hongrie dont quelques lattes bougent. Une bibliothèque qui occupe les deux tiers de la pièce. Un bureau où repose un ordinateur ouvert sur un traitement de texte. Une platine et une enceinte Marshall. Des disques de Portishead, Sonic Youth, Cat Power. Un canapé bleu, d'inspiration années trente. Une galerie de cadres où domine le noir et blanc. Une pile de livres d'art posés sur le sol. L'intégrale des ouvrages d'Annie Ernaux et de Sophie Calle. Aucune trace animale. Du mobilier de récupération, une petite table d'écolier, des fauteuils de famille. Des manteaux entassés les uns sur les autres dans la montée d'escalier. Une maison donc, avec plusieurs étages. Dans la cuisine, une table en formica rouge posée sur des carreaux de ciment. Des photomatons d'enfants et d'amis aimantés sur le frigo. Une cafetière Bialetti. Des verres à pied dépareillés. Un vieux buffet sur lequel traîne un désordre de paperasse à trier. Des cendres de papier d'Arménie dans une coupelle en céramique. Une machine toujours en train de tourner dans la salle de bains. *Féminité du bois*, de Serge Lutens, posé sur le lavabo. Quatre brosses à dents qui se serrent dans un gobelet rose et fleuri. De la lumière qui passe à travers la verrière, même en hiver. Le décor de ma nouvelle existence.

Les œufs sont enfouis dans le sable, à la nuit tombée, lorsque la marée est basse et le ressac au plus faible. La femelle a creusé un trou, puis recouvert chaque œuf pour le dissimuler aux yeux des prédateurs. Par ce qui s'apparente à une forme de magie, deux mois plus tard, tous les œufs éclosent en même temps. Instinctivement, les petits à peine nés se dirigent vers la mer. C'est une course échevelée, il faut faire vite, ils sont seuls, ils sont fragiles, ils sont à la merci des oiseaux qui se précipitent sur eux. La plupart du temps, c'est un massacre. On estime qu'à peine un sur mille survivra.

Depuis que j'habite à nouveau seule, ma mère me téléphone avec une régularité de métronome. Je ne sais pas si j'y gagne. Le mercredi je passe la voir avec les enfants sur son lieu de travail. Posées en évidence sur son bureau, plusieurs photos d'eux, une photo de ma sœur, de moi. Je devine sa fierté de nous exposer là, je n'ai pas l'impression de la mériter.

En l'absence des enfants, je me réveille souvent quand la nuit n'est pas encore finie, la nuit où s'ensevelit la fatigue qui ne me quitte pas. La fatigue des nuits où je me demande ce qui fait sens, *réellement*, dans ce que je vis. Le travail, les enfants, mes parents dont je me suis éloignée, l'amour que je n'éprouve plus, la routine qui continue quoi qu'on fasse. J'appuie machinalement sur mon téléphone pour en faire taire l'alarme. Je m'enfouis. Je remonte la couette plus haut sur mes épaules. La lumière traverse les interstices des volets, dessinant de fébriles arabesques sur les murs. Quelque chose de beau se tient là, quelque chose que j'entrevois sans l'atteindre. Je resterais bien dans ce lit, couverte, au chaud, protégée, je resterais bien là, de longues heures, à attendre. Au second rappel, je laisse les voix du journal de sept heures s'insinuer dans la pièce et me ramener au monde. Tous les matins se ressemblent. Dans la cuisine, je remplis la cafetière italienne à ras bord et la pose sur le feu. Je ne mange pas, je n'ai pas vraiment faim de toute façon. Le café me brûle la gorge tandis que s'enchaînent les titres de la revue de presse. Je transporte la tasse jusqu'à la salle de bains. Une douche, un peu de maquillage, me rendre présentable. J'enfile les vêtements qui me tombent sous la main. Un jeans, un pull noir, des boots. Rien ne me distingue des femmes que je croise dans les transports en commun. Mêmes cheveux aux épaules, mêmes ongles vernis, mêmes parfums fleuris. Les identités remarquables de la féminité. J'aimerais parfois pouvoir procéder à un échange. Je me glisserais dans une autre peau, je dormirais dans d'autres draps, je goûterais d'autres aliments, les cuisinerais différemment, je parlerais à d'autres personnes, lirais d'autres livres, troquerais mes habitudes. Peut-être que j'aimerais les jours ainsi, les jours passés à les remplir sans être moi. Les jours épurés du doute, les jours qui donnent à nouveau envie. J'ouvre la porte de la maison. L'air frais, le gris du trottoir, les bruits de la rue. La vie. Ce mouvement incessant dont il faut bien faire partie.

Je me promène sans but précis dans les rues de la ville. Je n'ai jamais de plan, de destination, je déambule au hasard. Je pousse la porte d'une boutique, achète le dernier Modiano et des collants. Je bois un verre de blanc dans un café, j'écoute d'une voix distraite les conversations au comptoir. Je vais au cinéma seule, le film met en scène une femme qui fait le bilan de sa vie amoureuse. J'entends la voix de l'actrice dire *Je crois aux fantômes nécessaires*, cette phrase me reste en tête longtemps après le générique de fin. J'oublie sur le fauteuil un pull que je ne retrouverai pas. Je marche dans les rues devenues sombres, mes enfants sont chez leur père, ce n'est pas ma semaine. Je pense à la vie d'avant, à la vie à présent, je pense à tout ce qui m'a menée là. Est-ce cela qui constitue une vie ? Est-ce ce qui demeure quand tout a disparu ? Est-ce la somme de tout ce qu'on a perdu ? Ou est-ce ce qui n'a pas encore eu lieu, et qu'on attend ?

J'ai l'impression que tout en moi tourne autour de ça, la disparition, le manque. *Des fantômes nécessaires.* C'est à ce moment que je commence à écrire. Je souhaite garder une trace de ce qui n'a jamais été là.

Au travail, une de mes collègues a déposé une boîte à chaussures dans la salle de repos. Curieuse, j'en soulève le couvercle. Une petite tortue y est nichée, sur un matelas herbeux. Ma collègue me demande si j'en veux une, elle en a plusieurs à donner. L'idée d'en ramener une chez moi me panique.

Un homme me séduit. Il n'est pas tendre, il n'est pas attentionné, il n'est pas fidèle. Je ne comprends pas ce que je lui trouve. Il est tour à tour enflammé puis glaçant. Ses revirements me font fuir et m'attachent dans le même temps. Ses excuses et ses promesses ont raison de mes velléités d'abandon. Je ne parviens jamais à dire que j'en ai assez, j'ignore pourquoi je me lance dans une relation comme celle-là, une relation qui n'a aucun sens et à laquelle il me semble pourtant impossible de mettre un terme.

Il paraît que dans toutes nos rencontres amoureuses, nous cherchons à retrouver la figure de notre mère.

Mes enfants ont grandi sans que je m'en rende compte. Les jouets ont été donnés, les peluches délaissées. Ils ont maintenant des téléphones, des sacs à dos, des baskets de la même marque que les miennes. Ils invitent des amis à dormir, vont en ville sans moi, écoutent de la musique que je ne connais pas. Leurs traits d'adolescents se dessinent à mesure que mes rides s'installent, en un claquement de doigts.

Les dix conseils pour être une mère à l'écoute, *Portrait de la mère moderne*, *Comment gérer la charge mentale ?*, *Apprenez à comprendre votre ado*, *L'éducation positive*, *Rétablir le dialogue avec votre enfant*, *La mère parfaite n'existe pas*.

J'ai tout lu, je n'ai rien retenu.

Ma fille claque les portes. C'est sans doute ce que je remarque en premier. Elle claque les portes, elle ne les ferme plus avec délicatesse, elle ne les laisse plus entrouvertes. Clac. Ce n'est plus comme avant. Elle s'enferme, brutalement. Clac. Tout devient sourd, opaque, pesant. Elle n'est plus là pour rien, ni pour personne. Elle claque les portes et je reste derrière, les bras vides et le cœur blanc. À certains moments de la journée, je me tiens devant la porte close. Longuement. Cela fait tant de bruit, son silence, cela fait tant de bruit que j'en reste étourdie.

Elle a vécu une histoire d'amour. Je le sais parce que je les ai aperçus, par hasard, alors que je me promenais aux alentours de son lycée. Ils étaient toute une bande assis sur les bancs d'un square. Avec discrétion, je les ai épiés un court moment, tout comme je guettais mes enfants en me dissimulant derrière la porte de leur chambre lorsqu'ils étaient petits. J'adorais entrer silencieusement dans leur monde, quelques minutes que je laissais s'étirer à l'infini avant de me découvrir, les écoutant raconter des histoires connues d'eux seuls. Mais alors que se distillent en moi ces souvenirs si doux, mes yeux peinent à retrouver les traits de l'enfance sur le visage de ma fille. Je l'observe sans la reconnaître prendre la main d'un garçon, le regarder avec ses grands yeux et blottir sa pommette contre sa joue. C'est une jeune femme que je découvre, le bras glissé autour d'une épaule, le sourire qu'elle dépose sur une bouche. Je contourne le parc par une petite rue, il n'est pas question qu'elle m'aperçoive, elle m'en voudrait de me trouver là.

Lui ai-je parfois fait honte ? A-t-elle ri de mes ratés culinaires, de mon accent anglais minable, de mes accidents vestimentaires ? M'a-t-elle déjà trouvée idiote ? S'est-elle dit qu'elle ne voudrait pas avoir mon nez, mes seins, mes genoux ? M'en a-t-elle déjà voulu de ne pas savoir répondre à ses questions, de trop lui en poser ? M'a-t-elle trouvée arrogante lorsque je jugeais bon de lui donner de grandes leçons sur l'existence ? M'a-t-elle déjà trouvée lâche ? M'en a-t-elle voulu de n'être pas assez douce ? L'ai-je déçue d'une quelconque façon ? S'est-elle dit que sa mère ne valait pas plus que les autres ? Y a-t-il des moments où elle s'est demandé si elle m'aimait ?

Je reçois un message de son lycée. *Il faut que vous veniez chercher votre fille, elle est à l'infirmerie, c'est urgent.* Une crise d'angoisse. Je m'y rends le plus vite possible, je la ramène à la maison où elle reste couchée pendant de longues heures. Par la suite, les crises se succèdent, de plus en plus fréquentes. Elle ne parvient pas à respirer, ne retrouve plus son souffle. Cela la prend n'importe quand, surtout le matin au réveil. Parfois, elle ne peut pas se lever, son corps ne la soutient pas, il lui est impossible de marcher. La nuit, elle ne dort plus ou mal. Elle vomit, mange de façon anarchique, prend du poids. Elle a ses premières attaques de panique. Tout lui demande un effort. Nous parler, être avec d'autres dans une pièce, venir à table. La foule l'oppresse. Elle cesse de prendre les transports en commun, ne veut plus fréquenter le centre-ville, ni faire les magasins. Au prix d'énormes efforts, elle parvient à dissimuler son état au lycée. Ses amies ne savent rien, ses professeurs non plus. Il s'agit qu'on la trouve *normale*, qu'on ne devine pas qu'elle a *un problème.* Elle donne le change parfaitement, pendant un long moment personne ne s'apercevra de rien.

Le dictionnaire désigne par l'expression *déjà-vu* un trouble de la mémoire donnant au sujet l'impression soudaine et intense d'avoir déjà vécu dans le passé une situation présente.

J'ai déjà vu tout cela.

Parce que les fils de mon enfance brodent un canevas serré avec celle de ma fille. Parce que les portes que j'ai moi-même claquées tant de fois me reviennent en pleine face. Parce qu'il me semble avoir traversé les moments qu'elle traverse. Parce que nous ne trouvons plus les mots pour nous parler. Parce que nous manquons d'air. Parce que la fille que je suis ignore comment être mère.

Ses pleurs arrivent par saccades, par vagues brutales, ils débordent d'elle, la chahutent, me bousculent. Je lui caresse les cheveux, je la serre contre moi, je lui dis *ça va aller*, c'est ce qu'on dit dans ces moments-là, *ça va aller*, quand on ne sait pas. Elle me laisse la prendre dans mes bras, contenir les secousses de son corps, les soubresauts. Elle parvient peu à peu à calmer sa respiration. Son souffle s'apaise. Elle me dit qu'elle ne comprend pas ce qui lui arrive, qu'elle voudrait que tout soit à nouveau comme avant.

La petite tortue qui a réussi à atteindre l'océan sans encombre se retourne pour appeler ses sœurs. Personne derrière elle. Sa mère, qu'elle pensait retrouver, n'est pas là. Elle s'enfonce tristement dans les eaux sombres.

Ma mère me téléphone souvent le jeudi. *C'est maman.* Je sais immédiatement que cela ne va pas. Tout dépend de sa voix, de son inflexion, de son débit. C'est comme une échelle auditive de valeurs. Je me trompe rarement. Sa conversation est presque toujours la même.

C'est maman. Ça va? Oh non, moi ça ne va pas, comment voudrais-tu que j'aille... Mais bon je sais que t'en as rien à foutre. J'ai tout fait pour toi, toute ma vie, je me suis sacrifiée pour toi, tu en es consciente au moins? J'ai pas pu refaire ma vie, parce qu'il fallait toujours que je m'occupe de toi... Tu vas pas me donner des leçons de maternité, quand même? C'est pas parce que t'as eu des gosses que t'es plus intelligente qu'une autre hein, tu crois tout savoir, t'es bien comme ton père, t'es orgueilleuse, prétentieuse, tu te crois supérieure. Comment ça, me faire aider? Mais je n'ai pas de problème, je contrôle, j'arrête quand je veux. Non mais tu te prends pour qui? Ma mère? Je ne suis pas malade! C'est ça, raccroche, ça prouve bien que tu t'en fous! Alors que je t'aime, je t'ai tout donné, et c'est comme ça que tu me remercies? Je te déteste tu m'entends, je te déteste.

Elle raccroche. Je sais que le lendemain, elle ne se souviendra de rien. Elle tient une semaine ou deux, puis elle me rappelle et nous revivons la même conversation. Le même monologue. Inlassablement. Il faudrait ne plus décrocher lorsque je vois son numéro s'afficher. Mais je décroche quand même. C'est ma mère.

Un jour je comprendrai ce qui nous a séparées. Chacune enfermée dans sa coquille. Deux carapaces qui se cognent et nous empêchent de nous approcher.

Des fois on sait pas bien ce qui se passe. Cette chanson de Souchon dans la voiture. L'instant de bascule est imperceptible. Tout autour, le monde continue sa course folle. Les arbres exhibent leurs nouveaux feuillages, les oiseaux sont excités, la vie frétille. Les gens s'engueulent au feu rouge, un cycliste manque de se faire renverser, des livreurs se garent en double file. Les journaux titrent sur la loi travail, la jungle de Calais, des affaires politico-judiciaires. La tourmente de la vie ordinaire. Et puis mon petit garçon assis sur la banquette arrière de la voiture qui me demande : « Mais pourquoi elle pleure ma sœur ? »

Dépression. *État pathologique marqué par une tristesse avec douleur morale, une perte de l'estime de soi, un ralentissement psychomoteur.* Le mot est prononcé. Je l'entends, je le refuse. Je me documente, je lis des définitions, je collecte des symptômes.

Depuis la fenêtre de ma chambre, je regarde les lueurs des intérieurs. Combien de personnes sont seules elles aussi ce soir ? Combien sont seules dans cette rue, dans ces maisons, dans cet immeuble ? Tant de fenêtres éclairées et tant de vies solitaires. Les grandes villes sont les artères où s'écoulent nos existences parallèles. Forever l'ultramoderne solitude.

Ma mère habite de l'autre côté de la ville. Ce n'est pas loin mais nous nous voyons rarement, je lui dis que je manque de temps mais c'est faux. Je pense à elle et je ne le lui dis pas. Regarde-t-elle aussi par la fenêtre ? A-t-elle allumé la radio, la télévision ? Que fait-elle dans son appartement ? De quoi a-t-elle dîné ? S'est-elle servi un verre ? Est-elle couchée ? Dort-elle ? À quoi rêve-t-elle ? Et d'ailleurs a-t-elle encore des rêves, des envies ? Je ne lui pose aucune de ces questions.

Il arrive donc que cet amour-là passe, l'amour fou que j'avais pour elle lorsque j'étais enfant. Cet amour passe et on s'habitue à l'absence, elle peut même être douce. Un jour tout ça s'en va, l'inquiétude, la peur, la honte, les regrets, l'odeur d'une peau et même le son d'une voix, un jour on ne sait plus où tout a disparu. Le manque d'amour comme le reste, l'attente devant l'école le soir, la crainte quand au matin elle n'était pas là, la colère de la voir dans de pareils états, un jour tout devient moins vivace et plus supportable, on efface, on oublie, c'est comme ça. La vie a ceci de surprenant qu'elle nous apprend à composer avec ce qui nous manque. J'ai une mère, mais je fais souvent comme si je n'en avais pas.

Je pars un week-end seule avec ma fille. Nous prenons le train qui va vers la côte, avec un sac pour deux. Nous arrivons au Tréport sur les coups de midi et nous trouvons un endroit pour déjeuner, des moules-frites, c'est ce qu'elle demande. C'est le printemps mais il fait froid, le vent nous cingle le visage et je relève le col de ma veste. Elle a le nez qui coule, elle se mouche dans sa manche et je la dispute, comme si elle n'était encore qu'une petite fille. Elle s'en offusque, s'emporte : « Je ne suis plus une enfant maintenant. » Elle n'est plus une enfant mais je suis toujours sa mère. Nous passons deux jours à marcher au bord des vagues, dans les galets à marée basse, le long des pontons, regardant les bateaux accoster au port, les pêcheurs descendre leur cargaison, les poissons frais encore vivants, qui gobent ce qu'ils peuvent d'air avant de mourir, elle trouve cela dégoûtant, leurs corps visqueux se chevauchant, leurs yeux vides, leur envie d'en finir rapidement. Nous dormons dans un petit hôtel, deux lits simples accolés qu'elle demande à séparer et elle se tourne contre le mur avant de s'endormir. J'écoute sa respiration dans la nuit, comme je le faisais quand elle n'était encore qu'un bébé, quand elle dépendait encore de moi. Le lendemain matin, nous assistons à une baignade collective d'habitués peu frileux. La mer est à 14 degrés. Nous regardons les corps qui s'immergent dans l'eau froide, des jeunes, des personnes âgées, l'ambiance est festive, il y a des cris, des encouragements, des rires. Nous mangeons des gaufres, le chocolat coule sur son menton. Je veux la prendre en photo, elle refuse. Je tente des choses qui ne fonctionnent pas. Nous marchons sur le remblai, nos regards fixant la marée qui descend dans la lumière déclinante, et alors elle a ces mots, que je n'espérais pas : « C'est bien d'être là. » Sur le trajet du retour, elle s'endort. Le paysage défile de l'autre côté de la vitre contre laquelle elle est blottie. Deux mondes se superposent l'un à l'autre, le monde de son visage, apaisé, enfin au repos, et le monde réel, en mouvement, habité, instable. Deux cadres ouverts l'un sur l'autre, deux paysages, un seul moment. Un tableau de Magritte, une fenêtre ouverte sur un ailleurs que je ne connais pas. Nous rentrons à la maison et elle s'enferme dans sa chambre. Le silence reprend. Ces deux jours cessent aussitôt de diffuser le parfum d'un semblant de normalité.

Ma mère marche lentement, à tout petits pas. Elle trouve les chaussées glissantes, elle ne veut plus sortir de chez elle lorsqu'il pleut. Elle ne se rend plus dans les grandes surfaces, « trop de monde », elle ne fait ses courses que chez ses commerçants de quartier, « au moins eux ils me parlent ». Elle ne vient presque plus jamais chez moi, trop compliqué, trop loin, trop risqué de prendre la voiture, « je ne vois plus rien ». Elle se fait opérer de la cataracte. Je vais la chercher à la sortie de l'opération pour la ramener chez elle. À la radio passe un titre d'Aznavour, *Hier encore*. Nous parlons très peu dans la voiture. Elle me dit qu'elle va sans doute bientôt mourir, que cette opération marque le début de la fin. Je ne réponds pas.

Elle ressasse sans cesse les mêmes histoires. Elle me redit les mêmes choses plusieurs fois au sein d'une conversation. Quand les errances de son cerveau lui font répéter sans qu'elle s'en aperçoive des énoncés identiques, j'ai envie de la secouer, de l'attraper par les épaules, de crier. Mais je ne dis rien, je l'écoute redire les choses, je fais comme si je ne les avais pas encore entendues. Nos discussions ont la vacuité des terrains vagues, tout y est terne et déprimant. Son langage a changé. De celui d'une femme intelligente et érudite, il est passé à celui d'une enfant. Elle emploie des expressions comme « ton papa il est vilain », « j'ai peur la nuit », « t'es méchante », « je t'aime plus d'abord ». Nous sommes dans ma cuisine, je vais avoir quarante ans, mes enfants sont adolescents et ma mère me tient les propos d'une fillette. Je perds patience, je la reprends. Je dis « mon père », « tu ne crains rien », « je ne suis pas sympa effectivement ». Ce que je fais est inutile, c'est même cruel, j'ignore pourquoi je fais ça, corriger les mots qu'elle emploie. Je suis dure. Je voudrais l'admirer et je n'y parviens plus, je voudrais retrouver la femme des débuts. Mais cette femme n'existe plus. J'ai devant moi quelqu'un qui ne trouve plus ses mots. J'ai devant moi une enfant perdue.

Elle tremble. Ses gestes sont ralentis. Elle ne parvient pas toujours à se servir un verre d'eau, elle attrape la carafe d'une main incertaine, en renverse un peu à côté. Elle passe beaucoup de temps à rouler des cigarettes, elle n'achète plus de paquets, le tabac est devenu trop cher, mais tout glisse de ses doigts hésitants alors elle achète une machine qui les roule à sa place, « pour gagner du temps ».

Elle prend de nombreux traitements médicaux. Elle a des problèmes vasculaires, ses artères sont bouchées, elle perd l'ouïe, l'odorat, elle est très fatiguée, « mais j'ai pas de cancer tu vois ! », elle fait semblant de plaisanter. Je n'ai pas envie de plaisanter. Peut-être qu'un diagnostic la ferait réagir. Les psys, elle arrête toujours au bout de trois séances, « ils ne me comprennent pas ». Elle mange peu, n'est pas épaisse, mais son visage s'est épaté, comme s'il avait doublé. Ses jambes sont de plus en plus maigres, elle est fière de porter du 32.

Lorsqu'elle perd sa mère, sa régression atteint le stade complet. Elle m'appelle presque chaque jour et me dit : « Je veux ma maman, pourquoi elle est morte ma maman ? » Je réponds que c'est l'ordre des choses, nos parents partent avant nous. Ma mère ne surmonte pas, elle coule. Quand son père meurt à son tour peu de temps après, je ne peux plus rien pour elle. Il n'y aura pas d'amélioration, elle va sombrer. Elle n'a pas soixante ans.

Lors d'une de nos disputes téléphoniques, elle me dit qu'elle aurait préféré que son premier enfant survive, que je ne vienne jamais au monde, que je ne serai jamais qu'un enfant de remplacement.

La carapace des tortues peut être formée d'os, de cartilages, d'écailles, voire de cuir. La colonne vertébrale adhère à cette carapace, elle est reliée à elle par des vaisseaux sanguins. La carapace est un organe vivant. L'animal ne peut survivre sans.

Le journal intime de ma fille est là, sous mes yeux. Je le parcours, un soir où je n'en peux plus de ne pas comprendre. Mais rien n'y est consigné. Elle ne donne aucune raison, n'invoque aucune douleur. Il ne s'agit pas d'une peine de cœur adolescente, de la séparation de ses parents, de ses résultats scolaires qui chutent, de son corps qui lui déplaît. Je bute sur une phrase qui revient à plusieurs reprises. *Si je disparaissais, je ne manquerais à personne.* Ces mots que j'ai écrits au même âge. Palette monochrome des chagrins identiques. Pourtant ce ne sont pas les mêmes scènes, ni les mêmes acteurs. Je ne suis pas ma mère et ma fille n'est pas moi. Je voudrais passer mon poing à travers le miroir de sa chambre, attraper les fantômes planqués de l'autre côté et leur tordre le cou. Je repose le carnet là où je l'ai trouvé, sur la table de chevet.

Où ai-je échoué ? Quels signes n'ai-je pas perçus ? Tout ce que nous faisons pour défaire ce qui a été ne sert-il donc à rien ? Est-il écrit quelque part que l'histoire doive toujours être la même ?

Mon mascara a coulé sur la taie d'oreiller. Ça fait des traces toutes noires, une traînée de chagrin qui coule. Je voudrais lui avouer que parfois, en son absence, je dors dans son lit. Je renifle les draps, je ne veux pas les laver car ils ne seraient plus revêtus de son parfum et alors je la perdrais davantage, c'est quelque chose que je ne peux pas me permettre, car je veux tout conserver d'elle. Je voudrais mettre sous scellés une mèche de ses cheveux, quelques centimètres carrés de sa peau, un enregistrement de sa voix, un échantillon de son rire. Je ne sais pas comment faire pour conserver l'amour. Les mots notés dans les carnets ne nous rendront pas la voix qui les a prononcés, les images figées sur le papier glacé ne nous permettront jamais de retrouver le souffle, l'intensité de l'émotion. L'amour ne s'imprime jamais complètement sur la pellicule qui reste floue, indistincte, fugace. À peine tentons-nous de photographier un instant de bonheur qu'il est déjà trop tard. Le moment est passé et nous ne l'avons pas vu filer. De ma fille, je voudrais tout conserver mais je ne possède rien. De ceux que nous aimons, rien ne nous appartient.

Le spécialiste avoue son impuissance. Il va falloir un traitement. Mon enfant sous antidépresseurs. Je me revois au même âge, jonglant avec les boîtes de cachets de ma mère. On rejoue quel mythe exactement ? Plus rien n'a de sens et tout fait sens pourtant. Le médecin sourit à ma fille, me serre la main, « à la semaine prochaine », il me tend l'ordonnance et appelle l'enfant suivant.

Dans la voiture, j'allume la radio, c'est cette chanson que j'adore. Je me souviens des paroles, je les chantonne, je les avais apprises en cours d'espagnol, je devais avoir seize ans, comme elle qui est assise à côté de moi, qui ne me parle pas, alors que cette question fait des ricochets partout entre nous, *porque te vas, porque te vas.*

Qu'on me donne une nuit d'orage, qu'on remonte la manivelle de ma vie de quelques mois en arrière, qu'on me rende ce bonheur-là. Les nuits d'orage, mon adolescente redevenait petite et me demandait si elle pouvait venir dormir avec moi, le temps que ça passe. Oui bien sûr tu peux, couche-toi, je te rejoins, mais ne prends pas toute la place, laisse la pluie cogner contre la vitre, je sais que c'est cela qui t'effraie, le bruit de la pluie qui cogne, la rythmique des gouttes qui s'écrasent, une à une, trop fort, bien trop fort, contre la vitre du velux où le son se fracasse. Dans le lit, contre moi, elle s'endort enfin. Près d'elle, je veille, j'écoute, j'arrête les secondes, les minutes, les heures, et le matin semble loin. Dans mon lit, c'est encore ma petite mais je ne veux pas dormir avec elle, je lutte contre l'histoire d'avant. Pourtant si elle a peur je peux, si elle a peur c'est autorisé, si elle me désigne comme sa mère pour veiller sur elle les nuits d'orage, alors oui je la protégerai, je la regarderai dormir, je ne dormirai pas, je resterai là, le temps qu'il faudra, le temps que passe l'orage, le temps que passe le temps.

Les tortues dorment parfois repliées intégralement dans leur carapace qui les protège du monde.

Je n'ai jamais cessé de confier les enfants à ma mère. Je n'ai jamais souhaité rompre ce lien-là. Un soir par mois. Ils en reviennent toujours ravis. Ils ont mangé ce qu'ils voulaient, regardé ce qu'ils voulaient, fait ce qu'ils voulaient. Ils l'aiment et je suis heureuse qu'ils partagent des moments avec elle. Elle leur montre des photographies, leur parle de mon enfance, leur raconte sa vie. J'ignore tout de ce qu'elle leur dit.

Un matin, ils rentrent de chez elle fatigués, mon fils surtout a les yeux creux. Ma fille me raconte que son frère a fait cette nuit-là une crise d'asthme violente. J'avais oublié de glisser l'inhalateur dans son sac. Ma mère n'a rien fait. Elle ne m'a ni appelée, ni n'a contacté les secours. Les râles de mon fils n'ont cessé qu'au matin, après de longues heures de douleur et d'angoisse. Ma fille me dit : « Je n'ai pas cessé de lui tenir la main et de lui répéter respire, respire. J'ai cru qu'il allait mourir. »

Lorsque je l'ai au téléphone, elle minimise les faits. Ce n'était pas si grave puisque c'est passé, on ne va pas en faire tout un drame.

Je lui annonce que je ne lui confierai plus les enfants, jamais. Elle me répond qu'elle va m'intenter un procès, demander un droit de garde, ou se suicider.

Il y a des chances que rien ne bouge.

À la suite de cet épisode, je ne veux plus la voir et les enfants ne vont plus chez elle. Je sais que je lui fais de la peine, mais j'espère un sursaut. Ma mère continue à appeler tous les jeudis. Lorsque nous nous parlons, l'une de nous finit toujours par raccrocher en hurlant ou en pleurant.

Parce que ma colère est trop grande. Parce que je m'en veux d'être en colère. Parce que je ne comprends pas ce qui nous est arrivé. Parce que je n'ai pas assez essayé. Parce que j'ai baissé les bras trop vite. Parce que j'ai cru qu'il fallait m'enfuir. Parce que je l'ai abandonnée. Parce que j'ai honte. Parce que je ne sais pas quoi faire de ces sentiments qui me viennent quand je pense à toutes ces années sans elle, toutes ces années manquées.

La classe de ma fille prépare un voyage en Écosse. Pour le financer, les élèves vont jouer une pièce de théâtre en anglais. Alors qu'elle n'y est pas obligée, ma fille choisit d'y tenir un rôle. Elle répète au lycée tous les mercredis. Je me demande comment, alors qu'elle ne nous parle pas, elle pourra monter sur scène. Le jour de la représentation, dans un rôle comique, elle fait rire la salle aux éclats. À la fin du spectacle, ses professeurs et d'autres parents viennent nous féliciter, *votre fille est incroyable.* Avec les autres, elle rit. Avec les autres, elle est encore elle-même.

C'est un samedi soir pour moi seule, un samedi soir de femme. Je sors dans la nuit où les jeunes gens se tournent autour avec des yeux gourmands. Je me demande où s'est enfuie ma jeunesse, mes vingt ans, mes trente ans. Je n'ai rien vu passer. Où sont rangés les rêves de cette époque, l'envie de plaire, le regard qui cherche, le corps qui se tend, l'attraction immédiate, où ai-je remisé tout cela ? Le long de mes cuisses le désir grimpe moins souvent, il est plus rare, plus incertain. J'entre dans un bar bondé, cherche quelqu'un du regard pour qu'on ne remarque pas que je suis seule. Une amie doit me rejoindre mais se fait attendre. Je finis déjà mon second verre, le vin n'est pas un grand cru, je sens les tanins tapisser le fond de ma gorge de leur langueur acide. La tête me tourne un peu. C'est à ce moment que j'entends les premières notes de cette chanson sur laquelle j'ai tellement dansé lorsque j'étais adolescente. *Mala Vida*, la mauvaise vie. J'hésite un instant, me lève, me fraie un passage entre ceux qui discutent autour du comptoir et rejoins la piste. C'est une nuit où s'effacent les années. Plus personne n'existe autour et j'oublie tout. La sueur plaque mon pull contre ma peau. Je dois avoir l'air d'une folle. C'est ça les filles qui dansent, plus rien ne compte autour d'elles. Le corps tremblant, en transe, emporté. Les yeux fermés, les cheveux qui se collent sur mon visage. Je suis cette fille qui peut danser jusqu'à l'étourdissement. Le morceau est terminé. Je titube en rejoignant mon tabouret. Mon sac et mon manteau n'ont pas bougé. Mon amie n'est pas arrivée, je jette un œil sur mon téléphone, elle a un empêchement, elle s'excuse. Je n'ai plus qu'à rentrer. La femme que je suis à cet instant me déplaît. La nuit, quelques verres, une chanson, je ne sais comment me défaire de l'ombre de ma mère.

Suis-je honnête à son sujet? Peut-être que j'en rajoute, peut-être que je me raconte des histoires, peut-être que tout cela n'existe que pour moi. Je me demande où sont passés les souvenirs, les beaux, les joyeux, les doux. Je suis certaine qu'ils se planquent quelque part, dans un coin de ma mémoire, mais ils ne me reviennent pas, coincés sous les amas de pensées sombres, ils ne se fraient pas de chemin jusqu'à moi, je ne les retrouve plus. C'est peine perdue.

Le médecin chez qui je déverse ma culpabilité me dit : « Vous avez le droit de couper le lien vous savez. » Je lui demande de me rédiger une ordonnance pour ça.

Ma mère me téléphone en pleine journée et ce n'est même pas jeudi. Je décroche. Elle me raconte une histoire rocambolesque concernant sa voiture, qui aurait été braquée à plusieurs reprises la même semaine. Je l'écoute. Je ne peux faire que ça, quand je réponds, elle ne m'entend pas, elle entend de moins en moins, elle me dit qu'elle devient sourde, « à mon âge, tu te rends compte, j'en ai marre de tous ces problèmes de santé ». Comment lui faire entendre qu'elle vieillit en accéléré, qu'elle se dégrade toute seule, qu'il faudrait faire marche arrière, et puis peut-on encore inverser les choses à ce stade, y a-t-il seulement quoi que ce soit que l'on puisse faire pour elle? Je ne dis rien, mes mots ne l'atteignent pas.

Quand je lui parle de mon projet d'écriture, elle rétorque : « Si tu veux, j'ai une histoire que tu peux écrire, tu veux que je te la raconte? Ça ferait un bon livre, j'en suis sûre. Parce que moi, figure-toi, je ne suis pas devenue malheureuse par hasard tu vois, moi j'ai été agressée par un homme quand j'étais petite. Tu le savais pas hein, ça t'en bouche un coin! » Effectivement je ne dis plus rien. J'ignore tout de cette histoire, elle ne l'a jamais évoquée. Elle me confie que le souvenir lui est revenu il y a quelque temps. C'était il y a des années, elle devait avoir cinq ans, en vacances avec ses parents. Un inconnu. Je suis sonnée. Je lui demande si elle en est certaine, si elle en a parlé à ses frères et sœurs, à quelqu'un. Elle me répond qu'elle en a parlé à sa mère. J'imagine alors cette discussion, ce qu'a pu ressentir ma grand-mère. *Le savait-elle?* Ma mère relate l'étonnement absolu de sa propre mère, qui a répondu : « Mais enfin c'est impossible, on ne te quittait pas des yeux, cela n'a pas pu arriver. » Elle exulte : « Mais moi j'en suis sûre, c'est forcément arrivé, c'est pour ça que je vais mal, depuis tout ce temps, ça explique tout, tu comprends ? » Que cela soit vrai ou pas importe peu. J'ai envie de la croire, parce que cela expliquerait beaucoup de choses. Sa façon d'être avec les hommes, ou avec moi, au point que ses coups de fil déclenchent en moi des accès de violence. Je pense à toutes les fois où, en raccrochant d'une conversation avec elle, j'ai fait une crise de nerfs, hurlé, explosé une assiette au sol.

Elle est toujours au bout du fil. Je lui dis que je la crois, que dire d'autre. Elle semble contente que je lui octroie ce moment de confiance. Sa voix s'apaise, elle se tait. Je ne dis rien moi non plus. Mes larmes coulent, je sais que les siennes aussi. Si elle était près de moi, j'aimerais la prendre dans mes bras. Je ne sais depuis combien de temps ce n'est plus arrivé. Des années. Des dizaines d'années sans vraiment la toucher. Je voudrais lui demander pardon et la consoler.

Je suis assise par terre dans le salon. Je ne me suis pas rendu compte que mon corps avait glissé de lui-même sur le sol. Je ramène mes genoux contre moi et les enserre de mon bras. Je lui demande si elle veut que je passe la voir, elle me répond qu'elle ne préfère pas, qu'elle n'est pas en état. Avant de raccrocher, elle ajoute, d'une voix douce : « Si tu écris, j'aimerais que tu parles de moi. »

Ma fille me trouve prostrée là, une heure plus tard, au même endroit, le téléphone à la main. « Mais tu as pleuré ? C'est mamie ? » Nul besoin de répondre, je sais qu'elle sait. Elle se baisse vers moi, me prend dans ses bras, me murmure : « Ça va aller, ça va passer, je te le promets. »

L'été approche et je n'ai aucune envie. L'homme me propose de venir passer quelques jours chez lui, alors que j'étais parvenue à couper les ponts quelque temps. J'accepte tout en sachant que je ne devrais pas. J'ai la sensation de prendre les mauvaises décisions, je voudrais qu'on décide à ma place. Je ne sais plus comment avancer.

La tortue part, elle s'évertue, elle se hâte avec lenteur.

J'ai quarante ans passés et ma vie ressemble de plus en plus à celle de ma mère. Je n'avais jamais envisagé que les choses prendraient cette tournure, que je serais à mon tour cette femme seule, perdue, face à une enfant que je ne comprends pas et dont je ne parviens pas à m'occuper. Ce n'était pas ce que j'avais prévu, il me semblait que je ferais tout différemment d'elle. Je n'ai jamais supporté qu'on me dise *tu es bien la fille de ta mère,* je réponds toujours que ce n'est pas la même histoire. C'est la raison pour laquelle j'étais partie. J'avais mis cette distance entre ma mère et moi. Je ne serais pas la même mère qu'elle. J'avais pris des tas de précautions, j'avais suivi tous les conseils qu'on donne dans les livres, je n'avais rien vu venir. La tristesse de ma fille je ne l'avais pas anticipée, elle m'est tombée dessus, et toutes les précautions que j'avais prises se sont avérées inutiles, parce que de quoi peut-on se protéger réellement, dans une vie ? Est-ce qu'on peut éviter les peines, la mélancolie, le vide, ce qui se répète, tous ces chagrins qu'on se trimballe et qu'ensuite on se transmet, est-ce qu'on peut les remiser, sous des pulls trop grands, dans les bras d'un amour de passage ou dans les mots qu'on écrit, est-ce qu'on peut seulement faire comme si cela n'existait pas ? Je me suis évertuée à cela et je me suis trompée. J'ai cru pouvoir oublier ma mère.

Vingt ans ont passé depuis que je ne vis plus avec elle, et de ces vingt ans il ne me reste que peu de choses. Sa joie lorsqu'elle a su que j'allais devenir mère, sa façon de prendre mes enfants dans ses bras, ces quelques fois où elle venait chez moi, qu'on discutait dans la cuisine et où il me semblait qu'elle tenait encore debout. Quelques images floues de promenades dans un parc, un anniversaire, un jour de l'an, un dimanche. Le reste je l'ai relégué, rangé, mis de côté. Et ma colère a fini par prendre toute la place. Je repense à sa voix au téléphone, sa voix blanche qui me demande de parler d'elle. Je ne sais pas si nous pouvons faire marche arrière, reprendre les choses où nous les avions laissées, réécrire notre histoire. J'ai peur qu'il soit trop tard. J'ignore comment la raccrocher à la vie, la retenir près de moi, j'ignore si c'est encore possible. Peut-être que ceux qui s'aiment se laissent partir.

III

Je vais jeter mes affaires dans un sac, quitter cet appartement, m'enfuir. J'en ai assez de cet homme, j'en ai assez de Paris, je n'ai plus rien à faire ici. J'enfile une robe, me sers un verre d'eau glacée. J'ai tellement chaud. Et toi qui ne réponds pas. Cette journée est étrange. La gorge me serre, j'étouffe.

Un signal sonore, ces mots sur l'écran de mon téléphone.

Elle est étendue, elle semble apaisée.

Mais je veux vous prévenir : l'appartement est dans un état de dégradation avancé. Je ne sais pas quoi faire pour vous.

Mon corps se met à peser des tonnes, mes jambes ne me soutiennent plus, je tombe à genoux sur le parquet.

Je crie.

Maman.

Je crie longtemps.

Je suis étendue sur le sol.

Je me souviens de mes sanglots, de la sensation de

brûlure dans mes poumons, de la morve qui me rentre dans la bouche.

Quelque chose se déchire longuement en moi.

Et puis plus rien, après.

Le silence.

Aujourd'hui maman est morte. C'est cette phrase qui me vient en tête, immédiatement.

Tu es née un 7 juillet et on a retrouvé ton corps un 7 juillet. Sans cet anniversaire, nous n'aurions sans doute rien su de ton décès pendant un long moment. J'ignore au bout de combien de temps je me serais inquiétée. Des jours, peut-être des semaines. Ma sœur et moi avons essayé de t'appeler à plusieurs reprises mais tu n'as jamais répondu. Cela ne te ressemblait pas. C'est une date à laquelle tu tenais. Impossible de te joindre, nos appels s'abîmaient dans l'absence. Je pressentais sans me l'avouer qu'il t'était arrivé quelque chose.

Tu es morte comme ça, sans un bruit, sans un mot, toute seule. Tu es morte dans l'anonymat d'un appartement au 1er étage, tu es morte dans la quiétude des cours d'école désertées, tu es morte dans la pénombre des volets que l'on referme pour que la chaleur n'entre pas. J'ai eu la sensation de partir avec toi, à la seconde où je l'ai appris. Mon cœur a fait une embardée et j'ai eu mal partout. Tu es morte, c'est tout ce que j'ai compris. Tu es morte, c'était un vendredi.

Ce vendredi de juillet, huit départements ont été placés en alerte canicule, 2 271 migrants ont été évacués sans ménagement d'un campement porte de la Chapelle, Hambourg s'est réveillé en état de siège pour l'ouverture du G20, un cessez-le-feu a été décrété en Syrie, on s'apprête à jouer *Antigone* au Festival d'Avignon, la 7e étape du Tour de France a été remportée au sprint, un serpent de 1,20 m a été découvert dans un parking parisien.

Les pompiers défoncent la fenêtre pour entrer chez toi. Ils constatent le décès. Le médecin m'envoie un message. J'appelle ma sœur. Je passe ma soirée au téléphone entre un lieutenant de police et une agence de pompes funèbres. J'ai froid tout à coup.

Le lendemain, je reste toute la journée au lit, je ne parviens pas à me lever. L'homme me dit qu'il en a assez de mes simagrées, que je suis ridicule. « Tu n'es pas la première à perdre ta mère, tu n'as plus douze ans. »

Je prononce inlassablement le mot *maman*. C'est un mot que je ne prononçais plus depuis longtemps. Je l'énonce de façon répétitive, à voix basse, à haute voix, je le crie même parfois. Je t'appelle comme si cela pouvait te faire revenir, comme si tu allais me répondre.

Quelques jours avant ta mort, j'avais regardé un film de Nanni Moretti, *Mia Madre*. Cette fille qui sait qu'elle vit les derniers instants avec sa mère et qui marche dans les rues en écoutant Leonard Cohen, *I'm writing you now just to see if you're better*.

Ce n'était encore que du cinéma.

Je rentre pour annoncer ta mort aux enfants. Je suis assise sur le canapé de cette maison où je n'habite plus, j'ai la sensation que mon corps pèse une tonne, que je vais passer à travers le tissu, être engloutie. Ils descendent l'escalier, nous rejoignent leur père et moi, m'interrogent du regard. Ma voix se brise sur ce que je ne parviens pas à énoncer. Ils crient. Je ne peux rien faire pour atténuer leur douleur.

Ma mère est morte. Je suis devenue une fille dont la mère est morte. Ce sont des choses qui arrivent. À mon âge, être orpheline est banal. Pourtant il me semble que personne ne peut percevoir l'imminence de cet effondrement qui affleure là, au bord de ma conscience, à chaque minute.

Je voudrais te voir.

Au funérarium, on me dit que ton corps n'est pas visible. *Ce ne serait pas une belle image à emporter.* Alors c'est comme ça et je ne reverrai pas : tes yeux verts pailletés d'or, tes yeux striés de pattes-d'oie, tes yeux encore jeunes pourtant, tes yeux encore capables de lumière, tes mains aux jointures blanches, parfois bleues, là où le sang peinait à circuler, tes cheveux qui avaient perdu leur épaisseur et leur teinte, tes cheveux blanchis sous la coloration, blond vénitien tu aimais répéter, même si Venise tu n'y as jamais mis les pieds, ta bouche, tellement mieux dessinée que la mienne, ta bouche et tes dents jaunies par le tabac, par les années, ta bouche sous le rouge à lèvres, tu n'auras pas les lèvres maquillées dans ton cercueil, tu ne vas pas être contente, ton corps à l'équilibre instable, le haut tellement plus étoffé que le bas, tes jambes de serin, comment parvenais-tu encore à marcher, je n'en sais rien, ton corps n'est pas visible et cela m'est insupportable.

Tu es partie sans qu'on ait eu une explication, sans qu'on ait réglé quoi que ce soit. Je suis certaine que cela t'arrange, une fois de plus tu me raccroches au nez, tu bottes en touche, tu esquives. Jusqu'à la fin, tu auras conservé la même technique, la fuite.

Tu n'étais pas la mère que j'attendais. Je t'ai couru après, espérée, redoutée. J'ai passé mon enfance à quémander ton amour, et ma vie d'adulte à le refuser.

Les tortues sont des animaux solitaires. Elles ne communiquent que rarement entre elles, en se mordant ou en cognant leurs carapaces. Elles évoluent indifférentes les unes aux autres. Elles vivent ensemble mais séparément.

Les jours qui suivent se déroulent de façon mécanique. Appels à des administrations, à la banque, aux assurances. Aller chercher des avis de décès en mairie. Financer les frais de la crémation. Choisir un cercueil, se décider pour le moins cher, à quoi bon finalement. Définir le type de cérémonie. Simple, faire simple.

Je me demande ce que je tiens de toi, physiquement. On me dit toujours que je ressemble à mon père. J'ai pourtant hérité de ton corps : des épaules étroites, des seins lourds, une taille peu marquée, des jambes fines et les genoux qui se touchent. Je chausse comme toi du 41. J'ai ta démarche, ton allure. J'ai, comme toi, quelques taches de rousseur qui reviennent avec le soleil. J'ai, comme toi, une tendance aux maux de gorge et aux torticolis. Tu étais en revanche plus petite et bien plus mince que moi. Les derniers temps, tu ne pesais plus que 40 kilos.

Je ne comprends pas qu'on utilise le mot *disparition* pour parler d'un décès. Tu n'as jamais été aussi présente, tu n'as pas disparu. Pour la première fois peut-être, tu m'*apparais*.

Tout est bouleversé par ton absence. Je regarde les objets différemment, leur forme me paraît plus arrondie, leurs contours mieux définis. Cette tasse n'est pas tout à fait blanche. Ce coton du drap est soudainement plus rêche. Cette robe ne tombe plus comme avant. Tu es dans les objets, tu t'y glisses, tu t'y installes. Tu es partout où je regarde. Les rues, les êtres, les ombres. C'est toujours toi qui me précèdes, toi derrière qui je cours.

Les jours qui suivent ton décès, je suis incapable de m'occuper de mes enfants. Je ne suis plus une mère, seulement une fille perdue.

J'ai souvent imaginé ta mort, je l'ai même souhaitée. À chaque fois que je raccrochais le téléphone, à chaque fois que tu pleurais, à chaque fois que tu avais trop bu, je pensais *il faut que cela s'arrête*. Je ne sais pas si je peux me pardonner cela.

Je dois écrire un discours pour la cérémonie funéraire. Il faut dire quelque chose, il faut t'accompagner. Cela se fait. Je ne sais pas quoi écrire sur toi. De qui dois-je brosser le portrait ? Dire adieu à qui, comment, avec quels mots, quelle intention, quelle voix, dire adieu, est-ce que cela se prononce, est-ce que cela s'écrit, et à qui adresser ces mots-là ? Tu es morte, tu ne m'entendras pas. Pour toi, le silence pourrait suffire. Le silence, c'est ce qui nous liait, celui des êtres qui ne savent pas se parler, le silence c'est ce que je préférais, entre nous. Le silence, c'est ce qu'il me reste de toi. Je dois écrire un discours pour les vivants, mais je voudrais ne l'écrire que pour moi. Écrire pour te retrouver car je sais que tu m'attends. J'aimerais trouver les mots pour une fois, les mots justes, les mots adéquats. Tu me manques et c'est terrible de ne pas savoir exactement ce qui me manque de toi.

Parce qu'on ne se parlait plus, parce qu'on ne savait pas comment, parce que c'était trop difficile, parce que ça nous brûlait la langue, parce qu'on se crachait au visage, parce qu'on se balançait les mots comme des coups, comme dans ce conte que je lisais enfant, des crapauds et des serpents sortis de nos bouches, parce qu'on se parlait comme ça, salement, parce qu'on ne savait plus faire autrement, parce qu'on essayait et puis toujours ça dérapait, ça se retournait contre nous, pour n'importe quoi, à n'importe quel moment, parce que les mots entre nous n'étaient que lutte, fatigue, colère et renoncement.

Le 7 juillet, avant de savoir, j'avais acheté une robe en soldes chez Monoprix. C'est une belle robe, en crêpe et dentelle noires, avec un profond décolleté dans le dos. Une robe élégante, un peu habillée, de celles qu'on ne porte qu'en de grandes occasions. J'ignorais que ce serait une robe de deuil.

Je n'irai pas à l'église. Je ne t'enterrerai pas. Je ne fleurirai pas ta tombe. Je n'irai pas me recueillir le jour de la fête des morts. Je ne me renseignerai pas sur les horaires d'ouverture du cimetière. Je ne me perdrai pas dans ses allées labyrinthiques. Je ne ferai pas graver ton nom sur une plaque de marbre. Je ne dresserai pas un autel en ta mémoire. Je ne regarderai pas en arrière. Je te laisserai partir.

C'est à ce moment que l'histoire qui n'en finissait pas de finir se finit. Une heure avant la crémation, cet homme m'annonce par téléphone qu'il est tombé amoureux de quelqu'un d'autre.

Je suis cette tortue sur le dos qui se débat pour se remettre à l'endroit.

J'ai presque tout oublié de la chronologie de cette journée. Beaucoup de gens m'ont parlé, je ne sais plus ce qu'ils m'ont dit. Je me souviens seulement du regard de ma sœur, du visage de mes filles sur le banc, de l'émotion de leur père et de mon propre père assis un peu plus loin, de mon amie qui avait fait le déplacement. Je me souviens que personne ne voulait accompagner le cercueil *de l'autre côté*, alors j'y suis allée, je ne pouvais pas te laisser y aller seule. Plus tard il y a eu mon cousin dans ma cuisine, des pleurs de rage de mon fils et le père de ma sœur qui nous invite à dîner. Je ne sais plus dans quel ordre j'ai fait les choses, comment je les ai faites. Je les ai faites.

Pendant le discours, mes jambes tremblaient.

Le lendemain, je pars en vacances avec les enfants. Nous prenons le train pour nous rendre chez mon père et sa femme dans le Sud. La quiétude inattendue de ce séjour. Nous parlons, lui et moi. Je comprends à quel point je ne sais rien de ma propre histoire, à quel point j'ignore tout de la vôtre. J'ai fabriqué des souvenirs pour qu'ils donnent raison à mes actes. Avec ta disparition, quelque chose a bougé et tout est à repenser.

S'ensuit une traversée du Sud-Ouest, des nuits chez des amis. Les enfants et moi logeons dans de beaux endroits, nous déambulons dans les rues, nous visitons des musées, nous sommes tous les quatre, serrés les uns contre les autres, nous parlons beaucoup, nous dansons sur Céline Dion, nous rions. Ils me sauvent sans le savoir. Je leur dis tout, à quel point j'adorais ton rire lorsque j'étais plus jeune, ta manière d'être femme, ta beauté. Je leur dis aussi à quel point tu m'as manqué. Je ne cache ni la dépression, ni les addictions, ni les heurts. Les enfants savent tout depuis longtemps. Ils t'aimaient. Même lorsque moi, je ne t'aimais pas.

Ma fille rit aux éclats. Je ne l'avais pas vue ainsi depuis presque deux ans. Je prends des photos de ce rire, j'ai envie de le capturer, de le fixer sur la pellicule. Je veux conserver des images pour contraindre la réalité à leur ressembler.

Il va falloir s'occuper de ton appartement. J'avais été prévenue, *état de dégradation avancé.* La vérité est pire que ce que j'imaginais. J'ai l'impression de pénétrer l'intimité d'une inconnue. Je vivais avec une image de toi, ignorant la femme que tu étais devenue. Je ne reconnais rien de toi dans ce lieu dévasté. L'amertume se glisse sous mes ongles à mesure que je récure le lino imprégné de ton désarroi.

J'oublie ta voix. C'est ce qu'il me semble perdre en premier, ta voix. Comment sonnaient tes voyelles, tes « a » tes « o », je ne m'en souviens déjà plus. Je ne l'ai même pas enregistrée ta voix, on a résilié ta ligne téléphonique, j'aurais voulu entendre ton répondeur, peut-être que tu disais quelque chose, *vous êtes bien sur le répondeur de M.* Rien que ces mots-là j'aurais voulu les entendre, ça m'aurait suffi, avec eux j'aurais pu fabriquer tout le reste, mais il n'y a plus rien, rien que ma mémoire qui me lâche et ce silence stupide. Je détestais qu'on se téléphone, maintenant je voudrais que ton prénom s'affiche sur l'écran de mon portable et qu'en décrochant, je t'entende me dire : *C'est maman.*

Tu es née un 7 juillet. Tu es l'avant-dernière de six enfants. Ta naissance a été enregistrée à Lille où habitaient tes parents. À l'âge de sept ans, tu t'es cassé l'épaule en tombant d'un arbre dans lequel tu avais grimpé avec un de tes frères. Tu étais jalouse de l'attention que ta mère portait, selon toi, à ta plus jeune sœur. Tu as longtemps eu les cheveux courts comme un garçon, avant de les porter longs vers la fin de l'adolescence. Tu as fait ta première communion. Tu n'as pas eu le baccalauréat. Tu as rencontré mon père dans un centre de loisirs estival. Tu as été embauchée comme secrétaire dans un cabinet médical. Tu as donné naissance à deux enfants.

Ma part d'ombre, Rien ne s'oppose à la nuit, Une femme, Dites-lui que je l'aime, La maternité, Attachement féroce, Ma mère rit, Le livre de ma mère, Une femme au téléphone, Un amour impossible, Mauvaise fille, Week-end de chasse à la mère, *Ne t'inquiète pas pour moi*, *La folie de ma mère*.

Tu es partout dans ma bibliothèque.

J'ai quarante-deux ans quand tu meurs. Je vieillis d'un coup. Ma vue baisse, tout devient flou autour de moi. Je dois porter des loupes pour lire. J'ai l'impression de prendre vingt ans en quelques semaines, de devenir toi, de deviner le monde avec tes yeux, tout flotte, plus rien n'est clair. J'ai des vertiges, perds souvent l'équilibre, rate une marche de l'escalier, tombe de vélo. Je me mets à perdre mes cheveux. Ils s'en vont par poignées, j'en ramasse plein l'oreiller chaque matin, comme après une cure de chimio. Je discerne la peau de mon crâne sous les quelques mèches qu'il me reste. Cela me terrorise. Je dors peu. Je n'ai plus mes règles. Je cesse de prendre une contraception. Je ne sais même pas si j'ai encore envie de faire l'amour. Ma libido me semble un lointain souvenir. Je perds tout d'un seul coup, mon corps et mes désirs. Est-ce que si tu disparais, je dois disparaître aussi ? Pour la première fois, je redoute de mourir.

La nuit, il arrive encore qu'une tortue m'entre dans la bouche et me dévore la langue.

Les deux mois qui suivent ta mort correspondent au moment où je corrige les épreuves de mon premier roman. Une page se tourne alors que j'en écris une nouvelle. J'intègre cet événement à mon récit, je fais entrer cette réalité dans l'histoire. J'écris l'inattendu de ton décès, le corps invisible, ma douleur. J'écris le silence dans lequel tu disparais. Cette histoire ne peut s'écrire qu'avec toi, là où les mots dansent avec la mémoire. Je n'oublie rien de toi, j'écris avec. *Je t'écris*. Tu es mon propos et ma destinataire. Le roman est pour toi seule. Tu ne le liras jamais.

Il faut aller récupérer tes cendres au funérarium. Je n'ai aucune idée de ce que nous allons en faire. Ma sœur veut les disperser en mer, je ne me prononce pas, je m'en fous je crois, on fera comme elle voudra. Nous devons signer une décharge nous engageant à ne pas garder tes cendres chez nous. Je réprime un fou rire, s'ils savaient, tes cendres chez moi merci bien, je te connais, tu reviendrais me hanter chaque nuit. L'urne est dans une boîte, je ne l'ouvre pas, je ne veux pas regarder. Je porte le carton. Il n'est pas très lourd. Tu ne pèses plus rien.

On a bien les clés, deux trousseaux, mais aucune trace de ta voiture en bas de ton immeuble. On fait le tour du quartier, les rues adjacentes, on quadrille, on se répartit les possibilités avec ma sœur, le père de mes enfants, ses parents, des amis. C'est un peu comme un grand jeu sauf que ce n'est pas drôle. Qu'est-ce que tu as bien pu faire de cette caisse ? Il nous faut aller au commissariat, porter plainte pour vol ou disparition de véhicule. L'imbroglio administratif que c'est pour déclarer volé un véhicule qui ne nous appartient pas : appeler l'assurance, signaler en préfecture, faire des démarches, ça nous prend des plombes, alors qu'il faut aussi s'occuper de ton compte en banque, de la succession, du notaire. Je me mets à rêver de toi la nuit, tu es au volant de ta voiture et tu me poursuis, je me réveille en nage à chaque fois, avec l'impression que tu n'es pas morte, que tu es toujours là.

Mon cœur se met à s'emballer, le jour, la nuit, sans raison, et c'est la panique, je me dis que c'est mon tour, je vais mourir moi aussi. Je n'ai jamais ressenti cela auparavant, ces palpitations anarchiques, jamais avant ta disparition, elles ont commencé ce jour-là. J'ai mis ça sur le compte du choc, *je ne sais pas quoi faire pour vous*, mais cela ne passe pas. Je vois des médecins, des spécialistes, je passe des électrocardiogrammes, des échographies, des tests d'effort. On ne me décèle rien. J'apprends à faire avec mon cœur trop présent, j'apprends à faire avec ton cœur manquant.

La vie s'ébroue autour de moi. Des livres paraissent, des films sortent sur les écrans, des concerts réunissent les foules. La lumière est la même, la nuit est la même, le temps qui passe est le même. Et pourtant, il me semble que la tristesse durera toujours.

Je pleure souvent, pour rien. Un verre que je casse, un objet que je ne retrouve plus, un coup de fil qu'il faut passer. Je m'en veux de pleurer comme une enfant, devant mes enfants. Je voudrais être plus forte. J'ai la sensation d'être un morceau de sucre qu'on écrase entre les doigts, une poudre friable qu'on balaie d'un revers de main.

Ma fille, elle, ne pleure plus. Je ne m'en aperçois pas tout de suite, je suis obsédée par toi et le reste n'existe pas. Je ne suis plus attentive aux vivants. Je passe mon temps avec le souvenir de toi. Cela me prend toutes mes pensées, la nuit surtout. Je repense à ce que tu m'as demandé : *Je voudrais que tu parles de moi.* C'est sur toi que j'écris, sur nous. Ces mots que tu ne liras pas sont pour toi.

Près de ton lit, j'ai retrouvé un carnet. C'est un journal, celui de ton adolescence. Je n'ai aucune idée de ce que fait cet objet à ton chevet. Le relisais-tu ? Y écrivais-tu encore ? J'ai du mal à déterminer l'âge de ton écriture sur ces pages quadrillées. Malgré les dates qui remontent à la fin des années soixante, je crois reconnaître ton écriture, celle que j'ai toujours connue. Ce n'est pas une écriture de jeune fille, même si elle est ronde et pleine. C'est une écriture de femme dont on aperçoit en creux les angles et les fêlures.

Je lis les mots de ma mère, avant qu'elle ne devienne ma mère.

Je te découvre adolescente et j'aime ce que je lis. Tu parles de tes parents, des vacances et des examens, tu parles de promenade à mobylette, tu parles de garçons que je ne connais pas, Pascal, Alain, Bruno, tu parles de mon père que tu rencontres, de sentiments amoureux, de ton corps qui en découvre d'autres, de ta première fois, tu parles de devenir une femme, de liberté, de poésie et d'ailleurs tu en écris. Je te lis et ces pages brûlent mes doigts. J'ignorais que tu écrivais, j'ignorais l'existence de ce cahier et j'ignore cela tout comme tu aimais ignorer le fait que j'écrive moi aussi, que j'aie ce désir, écrire. Nous n'abordions jamais ce sujet-là. Nous ne nous connaissions pas.

L'automne bientôt va arriver. Mélancolie. Sous la pluie je marche, paupières baissées, essayant de ne plus penser. Lorsque durement sur moi, elle tombera, j'irai vers toi pour me consoler. Je te parlerai de ma vie, je m'appuierai contre ton épaule, mes mains dans les tiennes. Au loin, les feuilles tomberont, fauves, rouges, flamboyantes et glisseront sur le pavé délavé.

Et puis, de ma marche tranquille, je repartirai. Je penserai à toi, je regarderai vers l'infini, toutes mes pensées danseront dans ma tête, tout pour moi deviendra silence et même ta voix que j'oublie.

Journal de ma mère, 23 août 1969

Je regarde des photographies de toi enfant. Je cherche la faille, des indices. Je voudrais que la réponse soit là, dans ton passé, visible. Je voudrais qu'elle me saute aux yeux. Je voudrais qu'on me donne une explication, une solution clé en main, qu'on me dise ta mère allait mal *parce que*. Alors je scrute, j'observe, j'invente des signes qui n'existent pas.

Sur les images, tu es une enfant tout ce qu'il y a de plus normale. Tu es rousse, tu as les joues rondes et tu sembles heureuse avec tes parents et tes frères et sœurs. Tu fais ta communion, tu nages dans un lac, tu visites les châteaux de la Loire. Tu es issue d'une famille moyenne du nord de la France, ni riche ni pauvre, aimée et entourée. Sur les images, je te regarde et je ne vois rien, rien qu'une petite fille qui devient adolescente, dont le sourire est timide, mais qui sourit au photographe. Je te vois grandir, te marier avec mon père, être enceinte de moi, devenir mère. Je pose toutes les photographies sur le parquet du salon, je les dispose dans l'ordre chronologique, ça fait comme une histoire sans paroles, un roman-photo aux couleurs fanées, ton histoire, bien plus simple que celle que je me suis racontée.

J'attends trop des images, j'attends d'elles une révélation, mais elles restent muettes. Si tu avais un secret, tu l'as emporté.

Es-tu morte de solitude ? Es-tu morte de chagrin ? Es-tu morte de colère ? As-tu beaucoup souffert ? As-tu senti que c'était le moment ? Ton cœur a-t-il donné l'alarme ? Ta vie a-t-elle défilé devant tes yeux ? As-tu appelé à l'aide ? T'es-tu simplement endormie ? As-tu senti ton souffle ralentir ? As-tu eu peur ? Es-tu morte d'amour ? Du manque d'amour ? De cet amour qui t'avait toujours fait défaut et que rien ne comblait, ni les jours qui passent, ni la vie qui va, ni les hommes que tu avais aimés, ni les enfants que tu avais eus ? Es-tu morte noyée dans l'ivresse d'être une autre, une autre qui se serait aimée davantage, qui se serait pardonné ses erreurs, qui t'aurait regardée avec indulgence et t'aurait dit que rien n'est si grave ? T'es-tu souvenue de nous ? Nous as-tu pardonné de ne pas avoir été là ce jour-là ? Nous as-tu dit les mots que l'on ne se disait plus : je t'aime, je pense à toi, comment vas-tu, c'est gentil de ne pas avoir oublié mon anniversaire ?

Nous y avons pensé, nous t'avons appelée.

Tu n'as pas répondu.

Je lis le *Journal de deuil* de Barthes. Je souligne des phrases. J'en apprends certaines par cœur. *On n'oublie pas, mais quelque chose d'atone s'installe en vous.* C'est comme si ton enveloppe corporelle, réduite à une ombre, se glissait dans la mienne et la remplissait. Cela m'est douloureux de t'imaginer là, à l'intérieur de moi. Tu es ce corps étranger dont je voudrais me débarrasser.

Je sais que tu m'as aimée. Je le sais dans les plis de ma peau, dans les interstices de ma mémoire, dans les méandres de mes palpitations cardiaques. De ton amour, je n'ai jamais douté. Mais j'ai douté du mien, avec les années.

France Gall meurt un 7 janvier, six mois pile après toi. C'est une notification du *Monde* qui m'apprend la nouvelle. France Gall est morte et je n'en reviens pas. Parce que France Gall c'est toi. Toi en débardeur blanc sur la pochette de *Paris, France*. Toi la mère dans *Si maman si*. Toi qui vis la nuit dans *La chanson de Maggie*. Toi qui, le soir, ne dors pas. Toi qui veux le bonheur maintenant. Toi qui rêves d'un monde *Plus haut*. Toi dans chaque chanson, dans chaque couplet, dans chaque mot.

France Gall est morte et c'est comme si on m'annonçait ton décès une seconde fois, comme si on me l'apprenait alors que je ne le savais pas, que je n'en avais pas pris la mesure, que ce n'était pas encore réel. France Gall est morte et je descends les escaliers de la maison, je suis en nuisette dans le salon et je pleure sur tes vinyles, je les regarde longuement pour te revoir une dernière fois. Les enfants s'assoient près de moi. Je pose les disques un à un sur la platine ce dimanche-là, dans l'ordre de leur parution, nous écoutons chaque chanson. Toutes me disent que tu es morte et que cette fois, c'est sûr, le vide n'en finira pas.

J'explique au psychologue que je ne parviens pas à faire avec ça. *Ne pas t'avoir vue, ne pas te revoir.* Il me suggère le chamanisme pour rencontrer ton esprit, te dire adieu et ainsi te laisser partir. Je ne prête aucune foi à ces pratiques ésotériques, mais j'accepte. Allongée sur un tapis, dans la pénombre, je me laisse guider par le son du tambour. J'écoute les pulsations s'insinuer peu à peu en moi et j'essaie de faire de mon mieux. Visualiser la clairière, m'asseoir au coin du feu, attendre que tu arrives. Je t'attends longtemps, longtemps, et soudain tu es là. Je vois ton visage, tu te tiens devant moi, debout, de l'autre côté des flammes, il fait chaud, je transpire, mais je te vois, ce sont tes traits, je les reconnais. Je te vois, c'est bien toi, *ma mère.* Le psychologue m'encourage : « Maintenant, n'ayez pas peur, parlez-lui. » Je reste muette, paralysée. Aucun mot ne franchira le seuil de ma bouche. Peut-être n'ai-je rien à te dire en fin de compte, peut-être que les mots que je voudrais prononcer n'existent pas.

Une fois dehors, je ris toute seule en m'imaginant allongée sur ce tapis, les pensées focalisées sur un tam-tam débile. Pour te retrouver, je fais n'importe quoi.

Je vais voir une exposition de Sophie Calle au musée de la Chasse. L'artiste y évoque la perte de son père et tout m'émeut comme si ça me parlait de toi, comme si tu t'étais glissée dans ces photographies, dans ces objets, dans ces animaux empaillés. Je pense à la chouette, aux tortues, au renard de ta grand-mère. De nombreux visiteurs déambulent mais j'ai la sensation d'être seule avec ma morte. Toi et moi, nous avons toujours été seules ensemble. Avant de quitter les lieux, j'écris dans le livre d'or qui deviendra le catalogue de l'exposition : « J'ai caché les cendres de ma mère dans ma cave. J'attends qu'elle revienne les chercher. »

Dans le train du retour, à quelques sièges de distance, un homme m'observe. Il finit par m'aborder, m'appelle par mon prénom, se présente. C'est l'homme avec qui nous avions habité un moment lorsque j'étais enfant, l'homme qui t'avait menacée avec une carabine. Après toutes ces années, il m'a reconnue. Je lui apprends ton décès. Il se met à pleurer, il s'en veut, il n'a jamais compris ce qui s'était passé entre vous, il n'a jamais compris qui tu étais. Je lui réponds que moi non plus, je n'ai jamais compris.

Peu de temps après, je croise une de tes anciennes collègues dans la rue. Elle me dit qu'au bureau, j'étais la mascotte, la petite fille qui courait dans l'amphi de l'hôpital. Elle ajoute : « Tu étais tout pour elle, elle t'adorait et t'emmenait partout, tout le temps. »

Je voudrais pouvoir remonter le temps et me souvenir de cet amour-là.

Ma fille part avec sa classe en Nouvelle-Zélande pendant plusieurs semaines. Ce chemin parcouru, c'est le sien. Elle n'a plus besoin de prendre des médicaments, plus peur de voyager, plus peur de vivre. Lorsqu'elle me téléphone, son rire pulvérise les 19 000 kilomètres qui nous séparent.

Je regarde un documentaire sur Joan Didion, elle y fait le récit de ses deuils, ceux qu'elle a écrits pour y survivre. Son mari, sa fille, cette traversée de la nuit. En rouvrant un de ses livres, je constate que c'est toi qui me l'avais offert. Ton écriture là, intacte, sur la page de garde. *Joyeux anniversaire*. Quoi que je fasse, si je tente de t'oublier, tu refais surface, là où je ne t'attends pas. Joan Didion écrivait : *Nous devons nous défaire de nos morts.* Mais que se passe-t-il si ce sont nos morts qui refusent de se défaire de nous ?

Ton numéro est toujours dans le répertoire de mon téléphone. Je pourrais commencer par ça. Effacer. C'est pourtant simple. Une seule pression du doigt sur un écran tactile. *Supprimer le contact.* Laisser partir les morts pour rejoindre les vivants.

Nous ne trouvons jamais de moment pour aller disperser tes cendres. Elles restent là, sous mon plancher. Je ne descends à la cave que lorsque j'y suis obligée.

Lors d'une rencontre dans une librairie de ma ville à l'occasion de la parution de mon roman, une dame âgée se présente devant moi. En entendant son nom, cela me revient, c'est elle, mon ancienne institutrice, la directrice de l'école. Je suis à la fois stupéfaite de la voir là et surprise qu'elle soit toujours en vie. Elle me confie : « Tu as toujours été ma préférée mais j'avais de la peine pour toi, tu paraissais si seule. J'ai jeté tous mes documents depuis ma retraite, mais j'ai gardé les mots d'excuse écrits par ta mère, tout ce qui te concernait, les lettres qu'elle m'écrivait, j'ai tout gardé, je ne sais pas pourquoi. » Je n'en reviens pas. Retrouver cette femme, retrouver la preuve de cette enfance-là, celle où tu inventais, palliais tes manques, tes vides, tes ratés avec moi. Tout cela a existé, ce n'est pas une chimère née de mon imagination. Une semaine plus tard, je reçois une enveloppe.

Merci de bien vouloir excuser l'absence de ma fille ce matin, elle est encore souffrante.

Ma fille ne se rendra pas à la piscine aujourd'hui. Elle a de l'eczéma.

En raison d'un impératif familial, ma fille ne sera pas présente en classe ce jour. Je vous remercie à l'avance pour votre discrétion.

Ce matin, nous ne nous sommes pas réveillées, désolée.

Des femmes qui boivent. La radio diffuse ce programme un matin dans ma cuisine. J'écoute ces femmes, toutes différentes, raconter une même histoire, ton histoire. J'ai envie de les prendre dans mes bras, l'une après l'autre, de faire avec elles ce que je n'ai pas su faire avec toi, leur dire que je les comprends et que je ne leur en veux pas.

Ma fille obtient son bac avec les félicitations. Après ces deux années qu'elle vient de traverser, nous sommes tous éblouis. Le soir, elle fond en larmes, bouleversée : elle ne pourra pas partager cela avec toi.

Un matin, au travail, je reçois un appel d'un numéro inconnu. Je décroche. La voix demande à te parler. Sous le coup de la surprise, je reste un instant sans répondre. La voix réitère sa demande. Je réponds qu'il s'agit de ma mère et qu'elle est décédée. L'officier de police, puisque c'est sa fonction, me signale qu'ils ont retrouvé ta voiture. Elle était garée dans ton quartier, à deux ou trois rues de chez toi. L'affaire me semble impossible. Ce quartier, nous en avions arpenté chaque rue, sans jamais l'apercevoir. Le véhicule déclaré volé nous a été indemnisé depuis longtemps. L'officier me dit que la portière a été forcée, que la voiture a peut-être été déplacée, mais qu'elle est revenue, près de chez toi. C'est un voisin qui s'est plaint, agacé de ce véhicule garé devant chez lui depuis de longues semaines. Pendant une dizaine de mois, ta voiture a disparu, avant de réapparaître.

Combien de temps faut-il pour mourir ? J'entends par là mourir durablement dans le cœur de ceux qui nous ont aimés. Cela fait des mois maintenant que tu n'en finis pas de disparaître. Il aura fallu remplir des dossiers, clôturer des comptes à la banque, aller payer tes impôts, rompre tes contrats d'assurance, faire l'état des lieux de ton appartement, rendre tes clés, dissoudre les dernières traces de ton existence. Pourtant, tu es dans des silhouettes que je croise dans la rue, dans les chansons que j'entends à la radio, dans les films que je regarde avec mes enfants, dans les échecs amoureux dans lesquels je me débats. Tu es là et je n'en peux plus de te savoir là, alors que tu n'étais déjà plus qu'un fantôme dans ta propre vie. Combien de temps faut-il pour mourir ? Trois mois, six, des années ?

Tortue, tortueux, tort tu, torture. Ton deuil fait son chemin en moi à coups d'obsessions homophoniques.

Au printemps, je me rends à Marseille pour aller voir des expositions de Sophie Calle, encore. J'ai appris qu'une rétrospective occupait toute la ville et qu'y serait notamment installé le projet réalisé par l'artiste sur sa mère décédée. Je sais que je te retrouverai là-bas. Je pleure longuement dans la Vieille Charité devant un cartel où est noté : « *Le 15 mars 2006, j'écris à mon tour : aujourd'hui maman est morte. Personne ne le dira pour moi. Terminé.* »

Aujourd'hui maman est morte. Ces mots-là, on ne peut les prononcer qu'une fois. Il est des aujourd'hui définitifs.

En progressant parmi les œuvres, je fais grincer mes dents sans m'en rendre compte, je me mords l'intérieur des joues, ma bouche est en sang. Pourtant, je sors de la chapelle avec une intense sensation de soulagement. Quelque chose s'est passé là, entre des animaux empaillés et une morte qui n'était pas toi, quelque chose comme un *au revoir.*

Quelques jours plus tard, dans un bureau d'hôpital, un médecin me glisse que ma fille va beaucoup mieux, que quelque chose a eu lieu, soudainement. Un déclic.

Nous nous donnons enfin rendez-vous, ma sœur et moi, un 7 juillet pour aller disperser tes cendres. Nous nous arrêtons près d'une plage déserte. C'est marée basse et il faut parcourir des kilomètres pour atteindre la mer. Nous faisons ce chemin avec toi, nos chaussures abandonnées sur le sable et puis les vagues qui recouvrent tout. Nous te disons adieu, dans l'eau à 10 degrés de Stella-Plage, un dimanche d'été.

La dernière fois qu'on nage, on ne le sait pas. J'écoute ces mots au casque sur le trajet du retour, mes vêtements encore humides et la pensée de toi dans l'eau froide. Tu nages, j'en suis sûre, tu nages et tu t'éloignes.

Je m'extasie de tout ce qui me revient à l'improviste, des petites choses anodines, des riens. Un éternuement, et je me souviens que tu étais la seule personne que je connaissais qui employait le verbe *atchoumer*. La vitrine d'un taxidermiste, et la faune synthétique qui vivait en silence avec nous dans nos différents appartements me revient en mémoire. Une interview d'Isabelle Huppert et ta peau de rousse illumine l'écran. Un film avec Redford et toi qui me répétais « qu'est-ce qu'il est beau, mais qu'est-ce qu'il est beau ! ». Une déroute sentimentale et tes grands yeux verts qui me transpercent encore de leur désarroi. Mon perfecto que j'enfile et c'est ta silhouette que je cherche dans les miroirs. Quelques pages de Sagan et ta façon de vivre les choses qui me prend au ventre, violemment, désespérément.

De tous ces souvenirs, de leur absence aussi, je fais un matériau, mais j'ignore si c'est avec cela que je peux dire ce qui a été. Je ne sais plus ce qui nous est arrivé, sans doute ne l'ai-je même jamais su. J'invente le réel pour te garder encore un peu.

Ma fille est désormais jeune fille au pair en Angleterre et n'est rentrée que pour les vacances. J'ai devant moi une jeune femme apaisée et sereine. Elle a déposé la tristesse derrière elle. Je lui parle du livre que je suis en train d'écrire, ce livre sur toi, sur nous, sur elle aussi. Je lui explique que je ne parviens pas à penser à autre chose qu'à ça, parler de toi, accepter de te laisser partir. Elle s'inquiète de ce que je vais écrire, elle me dit qu'elle t'aimait. Elle me raconte les moments où tu la faisais rire et ceux où tu lui faisais peur. Elle n'a jamais compris notre relation, n'y a vu que de la douleur. Je lui avoue mes craintes, peut-être est-ce ma faute si elle a été aussi malheureuse, aussi longtemps, peut-être est-ce *toi* que je lui ai transmis, ton mal-être à toi, ton mal-être devenu mien, j'ai peur de lui avoir refilé ça, comme une fièvre, un virus, tes angoisses, les miennes, cette maladie sans nom, transmise de mère en fille. D'un geste de la main, elle m'arrête.

Ce n'est pas la même histoire.

Elle m'apprend qu'après ta mort, elle a écrit. Sur toi, sur ses souvenirs de toi, sur son amour pour toi. Je découvre que ma fille écrit elle aussi. Elle prononce cette phrase : « J'ai longtemps pensé que ma grand-mère était morte pour que je revive. »

On pose des mots sur les disparus comme s'ils pouvaient les protéger, les contenir, les conserver intacts.

Je vais voir avec des amies une adaptation théâtrale du roman d'Annie Ernaux *Une femme.* À l'écoute de certains passages du texte, je ressens une douleur physique, profonde, mes genoux se mettent à trembler, mes tympans bourdonnent. Tout fait évidence. Tu es présente ce soir-là, dans la salle, je devine ton fantôme. Je te cherche le long des rangées de sièges, parmi les spectateurs. Où es-tu ? Où te caches-tu ? Mes yeux parcourent la salle, en vain, et pourtant tu es là, je le sais, tu es là près de moi. Une phrase m'attrape au vol : *Je suis dans le vrai temps où elle ne sera plus jamais.* C'est alors que tu disparais, d'un seul coup, à l'instant où ces mots sont prononcés. Tu disparais, tu t'échappes, te dissous, l'air redevient respirable, les sièges se vident de ton empreinte. Je n'ai plus mal nulle part, mon corps s'est apaisé. Les comédiens continuent de jouer mais je ne les écoute plus. *Une femme* et c'est fini.

J'achète le livre de Sophie Calle tiré de son exposition. *Que faites-vous de vos morts ?* Ce livre est entièrement constitué des phrases écrites par les visiteurs sur le livre d'or. Je cherche ce que j'avais écrit pour toi à chaque page sans en trouver la trace. Même les mots qui parlaient de toi ont disparu.

Ma sœur évoque des souvenirs légers et drôles, des souvenirs dont je fais partie. Rien ne me revient. J'en veux à ma mémoire d'être aussi sélective, de me priver de ces moments que j'aurais aimé conserver.

Je vais au cinéma voir le film d'un chanteur. Juste avant le générique de fin, il prononce cette phrase en voix off : *Cette manière que nous avons de ne pas savoir pourquoi, pourquoi cette vie-là, cette trajectoire-là, le sens à donner à tout ça.* Je pense à toi. Notre histoire est celle d'une trajectoire sans signification sur laquelle nous nous croisons, nous perdons, nous cherchons, sans nous trouver. Maintenant que tu n'es plus je prends conscience que tu étais là, *avant.*

Reste la tristesse de ne pas t'avoir réellement rencontrée. Le goût de l'échec déposé sur l'estomac, quelque chose qui pique dans la gorge, un fond d'amertume. La vie continue, sans toi, comme elle se déroulait, sans toi. Les enfants qui grandissent sans que tu le saches, toutes ces choses que je vis sans que tu en prennes connaissance. J'aimerais qu'on les partage. Ta petite-fille est guérie, c'est arrivé comme ça, presque du jour au lendemain. Elle fait ses études en Écosse, elle a eu vingt ans. Ton autre petite-fille a réussi son bac brillamment et intégré Sciences Po. Ton petit-fils est au lycée. Tu leur manques. Nous parlons de toi. *Quelque chose a bougé.* J'ai rencontré quelqu'un. Je suis tombée amoureuse, simplement, alors que je ne pensais plus que cela m'arriverait, alors que je pensais que j'étais comme toi, que l'amour ne me réussissait pas. Mais je ne suis pas comme toi, je ne l'ai jamais été. Personne n'est comme toi et je l'ai compris trop tard. Sans toi, il ne me reste que la vie, bouleversante, paradoxale, joyeuse dans sa douleur, la vie, pleine de ses jours et de ses nuits, cette vie qui me fait étrangement moins mal depuis que tu es partie.

Il n'y a plus de tortues dans mes nuits, plus de carapace posée sur mon dos. J'ai la peau nue désormais. C'est une peau neuve, elle te plairait.

Le 7 juillet marque toujours le début des vacances. Ce moment étrange où quelque chose se termine alors que tout recommence dans la moiteur des jours où je traîne en vieux débardeur dans la maison. J'ai fermé les volets, j'ai laissé le soleil dehors, là où je ne suis pas. L'été recommence, dans les cris de joie des rues et les sourires de mes adolescents qui fêtent le résultat des examens. Des chansons s'évadent des vitres ouvertes des voitures, les bras sont nus et les jambes hâlées sur les trottoirs. C'est l'été et avec lui les glaces à l'italienne dégoulinent sur les poignets des enfants et la camionnette du marchand passe dans les rues sur un tube italo-disco. Je souris. Dans une brocante le matin même, j'ai déniché un vieux 45 tours de Springsteen. En rentrant à vélo, mon corps a peu à peu été recouvert de petites bêtes d'orage, mon chemisier en était constellé, cela faisait comme des paillettes vivantes, une boule à facettes sur ma peau. La chaleur a fait craquer le ciel. Ma grande fille m'a téléphoné, je lui ai dit « aujourd'hui c'est l'anniversaire tu sais », elle m'a répondu : « Oui je sais, j'y ai pensé, c'est pour ça que je t'appelle. »

Cela fait quatre ans que tu es morte, bientôt cinq. Est-ce qu'un jour on cesse de compter ? Le début de l'été me fait mal à présent. Il reste associé à ce jour, à ton corps qui se déchire et ton visage que je n'ai jamais revu. Les volets sont fermés, l'obscurité me berce, je pose le disque sur la platine, la voix rocailleuse résonne dans le salon : *Maybe everything that dies someday comes back.* L'été commence le 7 juillet. L'été commence toujours sur le vide que tu m'as légué. Je m'applique à le combler.

Lorsque quelqu'un qui t'a connue me dit que je te ressemble, cela ne me dérange plus. Cela me fait même plaisir.

J'ai repris goût aux choses. J'ai appris à te tenir à distance. Je ne pense plus à toi quand je bois un verre de trop ou quand je fume une cigarette. Je ne pense plus à toi quand je me questionne sur ma manière d'être mère. Je ne pense plus à toi quand je me demande quelle femme je suis. J'ai repris goût aux choses, à la légère acidité des oranges que je presse le matin, à la façon dont je porte un vêtement ou un bijou, au maquillage que je pose sur mes paupières ou sur ma bouche, aux pages que je lis, aux disques que j'écoute, aux photographies que je garde près de moi, où je sais que tu es là, sans être là. J'ai repris goût aux choses, à l'amour, à la beauté du regard qu'il pose sur moi, au mouvement de sa main qui caresse ma nuque et glisse dans mes cheveux, à la douceur de sa peau qui se colle à la mienne. J'ai compris qu'aimer ce n'est pas se faire mal, que dire je t'aime ne m'est pas impossible. Je ne m'en lasse pas.

L'homme que j'aime a laissé un livre chez moi, un recueil de Cendrars qu'il a posé en évidence dans ma bibliothèque. Je l'ouvre et tombe sur ce poème, *Tu es plus belle que le ciel et la mer.* Je pense à toi, au loin, qui nages. *Quand tu aimes, il faut partir.*

J'ai gardé peu de choses qui t'appartenaient. Les trois bagues que tu portais quand j'étais petite, des photographies, le livret de famille. Presque rien. Ce que je veux garder de toi est impalpable. Je veux l'éclat de ton rire, ta façon de bouger les mains, ta voix qui résonne à l'intérieur de mon crâne, ton corps qui illumine le soir qui tombe, je veux la jeune femme que tu étais lorsque j'étais enfant. Je veux ce qui n'était plus toi depuis longtemps.

Je n'ai emporté que quelques-uns de tes disques vinyles. Lorsque je les écoute, c'est comme si le cours du temps s'inversait : il me semble soudain que tu te tiens là, quelque part dans la pièce, tu allumes une cigarette et, dans le halo trouble de la fumée, tu te mets à danser. Quand le manque est trop fort, je pose sur la platine ce morceau qui t'obsédait, ce morceau que la chanteuse habille d'une voix si pure, ce morceau qui ne dure que 58 secondes. *Dis-lui de revenir, je l'attendrai toute la saison*. Et, pendant 58 secondes, presque rien, tu reviens.

Parce que tu es partie avec ton mystère. Parce que celle que tu étais, la petite fille sur les clichés sépia, je ne la connaîtrai jamais. Parce que j'ai cessé de vouloir tout comprendre. Parce que j'ai accepté l'idée que nous nous sommes manquées. Parce que je n'ai pas pu te sauver. Parce que tu ne me l'as pas demandé. Parce que je ne suis pas la mère que tu as été. Parce que tout ne se transmet pas. Parce que je ne suis plus en colère. Parce que je suis encore ta fille. Parce que je veux l'être toujours.

Sur la photographie de toi que je préfère, tu es allongée dans l'herbe séchée par le soleil. Ses rayons semblent réchauffer ton visage. Tu es vêtue d'une chemise bleue, peut-être une tenue de travail. Tu portes un turban foncé dans les cheveux. Tu as les yeux fermés. On dirait que tu dors.

La photographie est abîmée, elle a subi de mauvais traitements, elle est pliée, tordue, marquée par endroits. Cette image meurtrie et apaisée, c'est toi, ma mère. C'est toi tout entière. Une femme en bleu, les yeux clos et les rêves silencieux.

Je ne te réveille pas, je te laisse partir.

Plusieurs emprunts émaillent le texte, parmi lesquels : Roland Barthes, *Journal de deuil,* Points Seuil, 2016 ; Joan Didion, *L'année de la pensée magique,* Le Livre de Poche, 2009 ; Annie Ernaux, *Une femme*, Gallimard, Folio, 1989 ; Sophie Calle, *Que faites-vous de vos morts ?,* Actes Sud, 2019 ; Blaise Cendrars, *Du monde entier au cœur du monde,* Poésie/Gallimard, 2006 ; Jim Henson et Franck Oz, *Dark Crystal,* 1982 ; Nanni Moretti, *Mia Madre*, 2015 ; Vincent Delerm, *Je ne sais pas si c'est tout le monde,* 2019 ; Véronique Sanson, *Dis-lui de revenir,* paroles Véronique Sanson, © Piano Blanc / Société des Éditions musicales ; Noir Désir, *Si rien ne bouge*, paroles Bertrand Cantat, Denis Guy Marc Barthe, Frédéric Vidalenc, Serge Teyssot-Gay, © Universal Music Publishing Group.

Composition : PCA
Achevé d'imprimer
par CPI Firmin-Didot
à Mesnil-sur-l'Estrée, en avril 2022
Dépôt légal : avril 2022
Numéro d'imprimeur : 169679

ISBN : 978-2-07-289789-4/Imprimé en France

367502